Enzo M. ....

Tutti pazzi tranne lo schizofrenico

Dedicato a Samiha e Anna compagne fedeli della mia vita

Capitolo I

Al numero 5 di Rue Muller, nella parte alta di Montmartre, c'è un vecchio edificio.

Un'anonima costruzione liberty che domina gli altri palazzi dalla collina e si rende visibile in ogni quartiere di Parigi.

Ha un ornamento semplice ed è una delle tante realizzazioni di inizio secolo sorta all'ombra dei grandi boulevards e, ora, abbandonata all'incuria dei proprietari poco coscienziosi.

Gli intonaci della facciata sono anneriti dal tempo e dalle intemperie, i graziosi terrazzini in ferro battuto sono trasandati e pericolanti e, i gradini che conducono al massiccio ingresso, un tempo adornato di fantasie floreali, sono privi dei marmi.

A una ventina di centimetri dall'entrata si trova scribacchiata una frase in caratteri gotici: "La verità è l'inquietudine della vita" arcano vaticinio, stilato in un'epoca in cui l'ermetismo dava, solo in apparenza, un senso di soprannaturale a ogni stupidità che l'uomo scrivesse.

Naturalmente a chi o a cosa si riferisse la frase, a noi non è dato saperlo.

Nonostante l'ambiente si trovi in uno stato di abbandono, mantiene ancora una certa dignità. Ricorda confusamente l'immagine di quelle anziane donne che incontriamo spesso nei mercatini rionali, le quali sono consapevoli di essere state in un passato ormai sfiorito belle e, in qualche modo, anche seducenti ma, al contempo, sono coscienti del fatto che l'inesorabile procedere del tempo le ha così cambiate, alterate e devastate, che nulla di ciò di cui andavano fiere è rimasto integro.

Questa è la Residence Selma, ancora oggi nel ricordo di tanti festaioli parigini appassionati del buon umore, del buon liquore, delle belle meretrici e del profumo di lavanda spruzzato disordinatamente su lenzuola ruvide di lino. Sin dai primi anni del '900 questo luogo ha ospitato una delle più note case d'appuntamento di Parigi. Non c'era viaggiatore o uomo d'affari o commerciante che, dopo aver messo piede nella città delle luci, non si fermasse una notte alla Residence Selma e consumasse sublimi emozioni con una delle donnine che attendevano i clienti al piano terra.

Madame Selma Molovski diede il suo nome a questo stabile e ne divenne maitresse, nonché prima puttana.

Giunta in Francia nei primi anni del secolo, scappando da una Russia esitante sul proprio futuro, ben presto comprese come fosse agevole sbarcare il lunario senza dispendio di energie, ovvero: aprire le gambe e incassare la marchetta.

Conobbe un nobile squattrinato che sposò immediatamente per ottenere il diritto alla cittadinanza prima che questi tirasse le cuoia nella grande guerra dopo appena un giorno di fronte.

In seguito utilizzò il titolo nobiliare per aprire le porte dei salotti parigini, dove ogni sua prestazione, dato il provato esercizio e la grande competenza, valeva fior di quattrini.

L'aspetto di questa disgustosa donnaccia era mutato nel tempo e, ora, appare come una anziana pensionata dai modi gentili e dai comportamenti educati che nulla ha a che fare con il suo burrascoso passato.

Vive in uno dei due appartamenti al pianoterra con il figlio George.

Costui, ancora abbastanza giovane, alto, dalla chioma bionda come un brettone da far invidia a Robert Redford e dagli occhi di un azzurro chiaro come l'oceano che bagna le terre del nord e lascia nel suo eterno divenire un odore salmastro è miseramente claudicante alla gamba destra.

3

Nel giorno del suo ventesimo compleanno, un purosangue che gli era stato donato dalla madre lo disarcionò poiché si era rifiutato di saltare un ostacolo. Il misero venne trascinato dall'animale per tutto il percorso della gara tra le urla di spavento degli spettatori e, ironia della sorte, tra gli applausi dei passanti che scambiarono la sua tragedia per un esercizio da circo mal riuscito.

Il giovane, da allora e per il resto della sua esistenza, procedette trascinando dietro di sé quella gamba inutile e dannatamente rigida.

Ogni mattina, non appena, si sveglia guarda con disprezzo il suo arto immobile. Lo detesta e, nel contempo, odia la natura che si è mostrata tanto indifferente e inumana. In cuor suo si chiede perché ciò non sia capitato a un altro, dimenticando di bella posta di aver affrontato l'ostacolo con superficialità e inesperienza.

Ma si sa che gli uomini minimizzano ciò che ha causato la propria rovina.

Erudito sin dall'infanzia da un istitutore, il ragazzo non ha mai ignorato il passato burrascoso della madre che, fedele alla frase scolpita sulla facciata della casa, gli aveva raccontato tutti i suoi trascorsi, fatti di lusso e di grandi umiliazioni. "Tutti", forse, è un eufemismo. Diciamo una parte non considerevole del proprio passato.

George, a tutt'oggi, liquida qualsiasi domanda maliziosa sui trascorsi della madre, rispondendo con fermezza e puntando l'indice: "Mia madre, è stata sempre una vittima delle circostanze". Naturalmente nessuno gli ha mai creduto.

Nonostante i lauti proventi del malaffare, madame Selma Molovski acquistò l'intero edificio al costo di una marchetta.

Il vecchio proprietario dell'immobile Monsieu Bordeau, un anziano commerciante di pelli di Zibellino e attivo frequentatore della casa di malaffare, morì mentre tentava di possedere la donna stando carponi e appollaiato su un vecchio armadio.

Le sue ultime parole furono: "Selma! Cazzo! Cado!" Così riuscì a sintetizzare in maniera inequivocabile che, la sua camicia, si era impigliata in una delle cadenti ante del mobile e che stava stramazzando al suolo.

Qualche ora prima del fatale momento, brindando nel salone in compagnia di altri ospiti, l'uomo ebbe a dichiarare ad alta voce l'intenzione di compiere un gesto di magnanimità: "Questa proprietà è un dono che faccio a Selma, alle sue labbra sempre spalancate, alle sue gambe ben tornite e sempre aperte, al suo sorriso splendido come una mattina di primavera".

Tutti ammutolirono ascoltando tanto ardore: "Mia unica musa, mia unica puttana dallo sguardo fulminante!" e concluse il brindisi elencando le varie posizioni in cui si era cimentato a letto con lei. Aggiungendo infine: "È l'unica femmina che non mi ha mai fatto annoiare" scoppiando poi in una fragorosa risata. Ma il volo gli fu decisamente fatale. La testa di Monsieu Bordeau, dopo aver urtato lo spigolo dell'anta e dopo aver battuto forte sulla maniglia di rame, andò a conficcarsi su un accuminato pomello della solida spalliera in ferro battuto del letto di Selma.

L'anziano possidente di Rennes rimase sbigottito, con gli occhi spalancati e increduli per tanta sfortuna e le gambe divaricate in una oscena posizione esalando l'ultimo respiro, mentre dai suoi pantaloni colavano gocce di urina fetida e giallastra.

Da quel momento madame Selma divenne proprietaria dell'intero stabile. La donna battezzò quel luogo in proprio onore *Residence Selma* e continuò la sua professione fino alla veneranda età di settant'anni, nonostante un fatale Alzheimer l'avesse condotta per mano verso una sfavillante follia.

Selma raramente ricorda cosa fare in presenza dei suoi frequentatori che, vista la loro rispettabile età, dimenticano lo scopo della visita all'anziana donna. Selma in compagnia del suo ospite si siede sul letto ed entrambi si fissano in attesa di una risposta.

Di tanto in tanto le capita di confondere suo figlio con il Maresciallo Kesserling e non ha alcun freno a farsi sborsare dal giovane i trenta franchi della marchetta. Il figlio, singhiozzando, la incoraggia, illudendosi in cuor suo che l'anziana madre, prima o poi, rinsavisca.

Altre volte urla e impreca contro i clienti del primo piano che, con il loro baccano, rischiano, a parer suo, di richiamare il piglio della Polizia.

Diventa isterica e cattiva, mette in vetrina la parte peggiore della sua personalità. Sbraita, bestemmia e impreca contro Dio, i Santi, i magistrati, gli esattori delle tasse, le concorrenti francesi, i clienti rumorosi e il Sindaco di Parigi che, nonostante sia stato un suo affezionato avventore, non perde un attimo per vendicarsi di chissà quale sgarbo ricevuto da lei. La verità è che Monsieu Billet, morto circa venti anni prima, era additato come impotente e frocio.

Spesso l'uomo faceva vedere in compagnia di Selma per mostrarsi ai suoi nemici politici come gran puttaniere e donnaiolo, dissipando così ogni pettegolezzo su di lui.

Capitolo II

Sullo stesso pianerottolo e dirimpettaio di Madame Selma, vive il signor August Bovary, un tranquillo vecchietto pensionato delle Poste francesi in compagnia del suo malandato cane Gustav, entrambi non vedenti e provati dall'età e dai malanni. Gustav, nonostante un cimurro che lo colpì quando era ancora un cucciolo gli avesse provocato una prematura cecità, ama incontrare i suoi amici nei giardini di Arles.

Due volte al giorno, quindi, la mattina presto e la sera dopo il tramonto, queste due malandate e tristi figure si avviano lentamente verso i giardini. Il cane ha uno sgradevole rantolo. Respira a fatica e lascia un lievissimo filo di bava su ogni superficie con cui è a contatto.

Il pelo rado e pungiforme, ridotto ormai a una poltiglia purulenta di batteri, spesso finisce a terra sottoforma di leggere chiazze che emettono un lievissimo lezzo di cavoli di Bruxelles.

La gente del quartiere detesta entrambi, evita di incontrarli per strada e ciò fa accrescere nei due uno spiacevole senso di solitudine. Bovary affida il proprio destino e la propria incolumità al suo cane eliminando così ogni seria possibilità di sopravvivenza. Nessuno tenderà loro una mano e lo sanno bene.

L'uomo e il cane vivono in perfetta sintonia, si fidano l'uno dell'altro anche se, spesso, la cecità provoca loro delle difficoltà.

Non di rado, mentre passeggiano, capita che Bovary prenda una direzione e Gustav un'altra. Finiscono poi con l'incontrarsi per caso e Bovary sussurra all'orecchio dell'animale: "Amico mio sei così silenzioso con il tuo passo felpato che ho l'impressione di essere da solo per strada". Il cane, che è cieco ma non stupido, leccandogli la mano sembra suggerirgli: "Lascia perdere Bovary!"

Il signor Bovary ha un andare lento e indeciso. Ha sempre con sé un bastone di radica bianco che gli permette di superare gli ostacoli. Spesso sfiora le scarpe di qualche passante e, pensando che siano sassi abbandonati sul selciato, impreca dicendo: "Maledetti ragazzini, lasciano queste pietre per strada con il rischio di far male a qualcuno" e si china per raccoglierle. Rapidamente il passante si dilegua e Bovary con le mani poggiate al selciato tenta di recuperarle ed esclama: "Ecco cosa significa essere ciechi, mio caro Gustav. Pensi di trovarti in un luogo e invece sei altrove. Chissà dove sono quei sassi, accidenti! Confidiamo nel buon Dio che non facciano danno ad alcuno".

Gustav lo precede a circa un metro di distanza, come gli hanno insegnato a scuola, con il muso che quasi tocca terra, senza poter dare alcun aiuto al suo padrone. Spesso solleva la testa lasciando che l'olfatto faccia il suo lavoro e gli riporti l'odore di Bovary che è altrove, ignaro.

A chi chiede a Bovary il motivo di tanto sacrificio, vista l'età avanzata di entrambi, August sorridendo e mostrando gli incisivi logori della sua traballante protesi risponde: "Nei giardini di Arles il mio Gustav ha tanti amici e ho l'impressione che torni a essere giovane".

In effetti Bovary porta il suo cane nei giardini di Montmartre che sono a circa cinquecento metri più ad est. Ma per l'uomo il nome poco conta. L'importante è che il suo Gustav si diverta.

Il vecchio Bovary è un buon inquilino. Paga il suo affitto ogni primo giorno del mese e, negli oltre dieci anni in cui ha alloggiato il quella casa, non ha mai avuto un benché minimo screzio con la proprietaria se non un cordiale saluto ogni volta che si incrociano sul pianerottolo di casa.

O almeno è quello che crede il vecchio incrociando il primo

passante che gli capita a tiro.

Al primo piano vivono dirimpettaie due famiglie. I Mansard e i Rocher. A differenza dei Mansard, i Rocher conducono un'esistenza all'insegna dei rapporti sociali.

Hanno amici con cui spesso organizzano cenette, un abbonamento al Teatro di Montmatre e nelle giornate di primavera amano passeggiare sul Lungosenna. Di contro, la madre di lui, Clotilde, che vive con loro dalla morte del proprio marito, si lamenta spesso con i vicini, accusando la nuora e il figlio di lasciarla sola a casa, incuranti della sua veneranda età, della salute cagionevole e dei pericoli che può correre.

La famiglia Mansard è gente semplice, vive rinchiusa in casa. La loro televisione è accesa anche di notte, come se fosse un altro membro della famiglia. La fortuna del vicinato è che il volume è sempre al minimo.

I Mansard, spesso, si isolano in casa per intere giornate. Non hanno amici né conoscenti e nessuno va a far loro visita.

Si sono chiusi in un mutismo totale dal giorno in cui è morta la loro nipote Elsa. La poverina inciampò sul marciapiedi della stazione della metro di Abesse e cadde rovinosamente sui binari. Morì all'istante per il forte colpo alla testa, senza che nessuno potesse aiutarla. Qualche lingua malevole ipotizzò che la causa di questa morte terribile fosse stata un'incomprensione d'amore.

I Mansard, attualmente, sono tutti a Reims a sostenere con generosità una loro zia miliardaria.

Al piano sopra di loro ci sono Madame Poltel e il Signor Baladieu. Vivono entrambi da soli. La Poltel, donna ancora vigorosa e attraente e pensionata del Ministero degli Interni, è immersa nei ricordi della sua famiglia che, a suo dire, si disgregò dopo la scomparsa di suo marito.

L'uomo l'ha lasciata da oltre dieci anni e i suoi figli, sempre a dir suo, l'hanno dimenticata.

La donna narra spesso nel quartiere quanto le è capitato e lo ripete così tante volte che la gente, pur impietosendosi per il triste accaduto, preferisce salutarla e andare via rapidamente. Ci si adatta a ogni tragedia umana che, rammentata spesso lei, diventa anch'essa un'abitudine e non tutti amano percorrere le abitudini degli altri.

Baladieu è un caso a parte.

Ex in tutto. Ex uomo d'affari, ex insegnante, ex sportivo, ex agente di commercio, ex bancario. Sono così tanti gli ex della sua vita che, spesso, ne dimentica qualcuno. È il prototipo dell'uomo che si sente fallito sin dalla nascita. Baladieu è un disordinato mentale. Rappresenta il tutto e il suo contrario. Gli abitanti del quartiere sono terrorizzati dai suoi repentini cambi di umore. Spesso capita che entri in un negozio per acquistare qualcosa. Chiede con educazione il costo del prodotto e, alla risposta della commessa, l'uomo la fissa e inizia ad avere un leggero tremore alle mani. Un tremore quasi diabolico che parte dalle dita e arriva fino alla punta dei piedi. I clienti presenti si spaventano. Il tremore dell'uomo diviene forte a tal punto che qualcuno si avvicina e gli chiede: "Signor Baladieu sta bene?"

Baladieu ha la bava alla bocca e si dimena come un forsennato. Si getta a terra e, preso da questo stato emozionale, inizia a balbettare: "Sta parlando e dice qualcosa. Facciamolo sedere, prendete una seggiola presto, un bicchiere d'acqua, un cordiale, dategli subito un Campari! Qualcosa che lo tenga su, povero diavolo!" dice un uomo che ha appena aperto la porta del negozio. Ma è inutile. Baladieu, preso da questa fulminea crisi, continua a tremare, a distendere le gambe ritmicamente, a stringere con forza i palmi delle mani, a

digrignare i denti e ha la bava che lambisce i bordi della sua cravatta grigia: "Poverino, sarà epilettico" dice sommessamente una donna. "Sono certa che ha un attacco di epilessia. Anche un mio cugino faceva così poi, improvvisamente, morì. Si accasciava a terra e iniziava a mordersi la lingua. Povero ragazzo, che fine ignobile!"
Mentre la donna continua a pontificare sulla prematura dipartita del cugino, Baladieu torna improvvisamente alla normalità. Si leva ritto sulle gambe, si asciuga la bava e, come se nulla fosse accaduto, inizia a dissertare, riaddirizzandosi il cappello sul capo: "Non è possibile che una lozione di Brillantina costi otto franchi!" esclama con un filo di voce! "Cosa ha detto, signor Baladieu?" gli chiede la commessa.
"Ha capito bene, mia cara ragazza" risponde infastidito l'uomo. "Ho acquistato la stessa lozione circa un mese fa e il costo non superava i sei franchi. Siete dei ladri, degli assassini del popolo, della gente qualsiasi e disonesti! Quando arriverà la rivoluzione, il prezzo della brillantina non supererà i due franchi, lestofanti da strapazzo!"
La commessa, udendo le invettive dell'uomo, inizia a singhiozzare e con un filo di voce esclama: "Signor Baladieu non sono io che stabilisco i prezzi in negozio. È Madame Castel". Baladieu le risponde: "Bene, bene. Allora denunzierò la sua padrona e tutti i clienti presenti perché hanno assistito immutabili al tentativo di assassinare economicamente un povero diavolo, hanno ignorato le più elementari norme del soccorso umano". "Signora, lei come si chiama?" grida rivolgendosi alla donna che lo fissa sbigottita. "Sa che mi ha rotto le scatole con la storia patetica del cugino epilettico? Io sono felice che sia morto, guardi qui il mio sorriso beffardo. Sì, sono un uomo felice ora che finalmente so che è morto!"

Baladieu continua rivolgendosi alla stessa persona che, atterrita, corre fuori dal negozio. "Vada pure via! Io so chi è lei! Quando le guardie del popolo verrano a chiedermi chi ha tentato di uccidermi gli darò il suo identikit! Io l'ho vista quando ruba ai Magazzini La Fayette! Indossa furtivamente delle mutandine e, poi, fa finta di prendere un rossetto! Io vi conosco tutti, l'accuserò di furto aggravato e le daranno da sei a otto anni di lavori forzati!" Baladieu è immobile e accenna a un sorriso, digrignando di nuovo i denti. "Ecco qui ci sono gli otto franchi ma non creda di essersela cavata. Io so dove abita e conosco anche il nome del suo fidanzato. Alla resa dei conti pagherà anche lei".   Toglie   il cappello, saluta gli astanti e con un atteggiamento beffardo guadagna l'uscita. I clienti sono attoniti ma, temendo l'ira di Baladieu, esclamano all'unisono e con un filo di voce: "Arrivederci signor Baladieu, buona giornata, buona passeggiata e ci saluti la signora!"
"Grazie amici, grazie, apprezzo la vostra gentile cortesia" risponde sorridendo garbatamente e, accennando un cordiale saluto con il palmo della mano, esce dileguandosi nel dedalo di viuzze di Montmartre.

Capitolo III

Se dovessimo identificare qualcosa che non funziona dovremmo obbligatoriamente pensare a Baladieu. I suoi pensieri, i suoi desideri e le sue speranze si aggrovigliano tanto da diventare una poltiglia di negatività che, spesso, lo porta a decidere di togliersi la vita. Ha tentato di suicidarsi più di una volta.

Sarà però il caso, sarà la fortuna sfacciata se così vogliamo chiamarla, il destino ha trovato sempre una soluzione per lui e, quindi, la maniera di salvarlo. Baladieu trascorre intere giornate a leggere richieste di lavoro. Spulcia quotidiani e stampa specializzata senza mai inviare un curriculum. Il suo appartamento è in condizioni pietose, nonostante abbia regole ferree e comportamenti estremamente ripetitivi non ha mai deciso di cambiare le sue abitudini.

Una di queste follie è, ad esempio, quella di affacciarsi alla finestra del salotto dopo il tramonto e guardare fisso per oltre trenta minuti.

Il suo sguardo spazia lontano, oltre la Defence, oltre la Senna. Gli occhi grandi, ancora da bambino, accarezzano le nuvole grigie all'orizzonte e la città fumosa che si estende a macchia d'olio, divorando ogni cosa, ogni sensazione, ogni piccolo pensiero, ogni ricordo e lo stupore sul suo viso è la conseguenza di una felicità interiore.

Baladieu è colui che guarda oltre l'infinito. Baladieu è colui che si immagina proiettato verso una dimensione diversa. Baladieu è colui che non accetta un mondo fatto così.

L'uomo afferma che è un esercizio spirituale, ma la gente pensa che voglia cercare tra gli edifici sottostanti la soluzione di tutti i suoi problemi.

Infine c'è la Mansarda felice. È il nome che madame Selma ha dato a un fatiscente bugigattolo non più grande di un lucernaio che ha rimesso in ordine alla rinfusa e ha affittato al signor Antoine Brochard. Anche quest'ultimo affittuario del Residence ha la sua storia. Brochard è un operaio del mattatoio.

Non ha mai sposato nessuno o, volendo essere più precisi, nessuna donna gli ha mai chiesto di sposarla. Preferisce vivere nelle mansarde perché, a suo dire, sono al riparo dagli sguardi indiscreti dei dirimpettai.

La sua è davvero umile ma è arredata con cura e buon gusto.

Corporatura possente e bicipiti forti, non è molto sveglio, anzi, abbastanza stupido, ma ha un gran cuore. Brochard inizia la sua giornata di lavoro nottetempo. Il goffo rumore dei suoi gambali interrompe bruscamente il silenzio notturno intorno alle tre e mezza del mattino. Appena fuori dell'edificio inforca la bicicletta e, fischiettando, si avvia al macello. Conosce a memoria tutti i nomi delle ossa del bue, del maiale e della pecora e tutti i nomi dei vari tagli.

Non c'é argomento in cui Brochard non metta come esempio un bue, un maiale o una pecora.

Si potrebbe dire che Residence Selma sia un luogo tranquillo. Ma, da ora, verificheremo insieme se davvero le cose stanno così. Hihi! Hihi! Hihi! *(Pianto senza lacrime)* "Certo Francoise, certo, hihi! Hai sempre ragione tu!"

"Eh no Francoise! Tuo fratello è un uomo cattivo e insensibile. Spesso mi chiedo se è più cattivo o più insensibile e non so darmi risposta".

Geltrude Rocher singhiozza e parla a denti stretti con il marito. Stringe fra le mani un tovagliolo e, con indifferenza, lo sciorina su un mobile stile anni '50 che riempie tutta la parete di una camera già arredata con semplicità. La donna, sulla quarantina, ha un aspetto curato. Lavora come cameriera al Bombardier, un vecchio caffè al settimo.

Vita dura la sua, pochi danari, qualche mancia e tanto andirivieni ai tavoli dei clienti, spesso non sempre educati. Francoise, il marito, anch'egli nella ristorazione, aiuta suo cugino in una vecchia pasticceria a Saint Denis. L'uomo è alla toilette e si sta radendo. Francoise ascolta paziente la moglie distante e si limita a rispondere un: "Sì Geltrude" o un: "No Geltrude" dando l'impressione di non essere interessato alle critiche della donna che aggiunge: "Hihi..."
(Pianto senza lacrime)

"Un uomo degenerato e perfido. È mai possibile che noi, che noi, in venticinque anni di matrimonio non gli abbiamo mai chiesto nulla e dobbiamo ricevere una risposta negativa alla richiesta di un piccolo, ma che dico piccolo, insignificante, favore quando a lui occorrevano, dico bene, occorrevano cose grosse, ma grosse? E quando terrorizzato ci chiese: "Per piacere aiutatemi, vi prego, vi scongiuro, i tedeschi mi cercano! Ecco Francoise e Geltrude pronti a aiutarlo, pronti a nasconderlo nel lavatoio, pronti a dargli una mano. Pronti a rischiare la vita, non è vero Francoise?"

E poi, visto che non riceve alcun commento da parte del marito, aumenta il tono di voce: "Non è vero Francoise? Dimmi che non è vero!"

"Sì Geltrude!" risponde Francoise con un suono di voce cavernoso: "Sì Geltrude, lo abbiamo aiutato a nascondersi nel lavatoio, lo abbiamo aiutato in un momento molto difficile e allora? Possiamo rammentarglielo per tutta la vita?"

"Hai visto che non sbaglio? Hai visto che, quando ti serve un favore, i più intimi si tirano indietro? Hai visto l'egoismo di chi può aiutarti e non lo fa? Hai visto quanto pesa un *No!* nella vita?"

"Ma che cosa dici? Non capisco, ripeti che cosa hai detto! Perché mi rispondi con

questo vocione lugubre?" chiede la donna.

"Sono alla toilette a rasarmi la barba, Geltrude. O rispondo a te con un vocione lugubre, come dici, o mi sgozzo con il rasoio!"

La donna alza gli occhi al cielo e sembra, per un istante, auspicare la seconda ipotesi: "Allora io non sto fantasticando, io non sto dicendo idiozie. Tuo fratello è uno stronzo!"

"Sì! Geltrude, sì Geltrude! Mio fratello è uno stronzo! Va meglio ora? Abbiamo finalmente raggiunto un accordo. Ahi! *(Urlo di dolore)* Accidenti a te, mi sono tagliato! Sì Geltrude, mio fratello è uno stronzo e ora facciamola finita, altrimenti davvero mi taglio la gola!"

"Ma come è possibile che tu debba sempre licenziarmi in due minuti? Ogni volta che affrontiamo un discorso serio e scopriamo che un tuo familiare si comporta in maniera disdicevole, sì, didicevole, tu tagli corto e mi impedisci di dire la verità. Non mi permetti di esprimere il mio disappunto. Pensi, per caso, che i soldi per la crociera me li abbiano regalati? O credi che io riceva donazioni o eredità improvvise o immagini che il danaro io lo trovi sul lungosenna? Hihi! *(Pianto senza lacrime)*. Ho dovuto fare decine di chilometri andando su e giù fra i tavoli. Centinaia di ore di straordinario con un vassoio fra le mani e le dita sporche di maionese, con il sudore che mi grondava dalla fronte, o pensi che, tra un hamburgher e un piatto di ravioli, sia andata a fare la putt...? Ma lasciamo stare!" risponde irritata e offesa la donna.

"Dai, Geltrude, sarebbe stato davvero impossibile" commenta cinicamente il marito, abbozzando un sorriso.

"Impossibile? Perché Francoise? Sono tanto brutta? Sono vecchia? Sono una donna che non desta istinti sessuali nei clienti? Hihi! *(Pianto senza lacrime)* Te la sei spassata in tutti questi anni e ora divento improvvisamente vecchia e brutta?! Hihi" *(Pianto senza lacrime)"*. Inizia di nuovo a piagniucolare e a disperarsi.

Appare Francoise in mutande e cannottiera, ha fra le mani il pennello, il sapone da barba spalmato su metà del viso e diversi rigoli di sangue che gli gocciolano lungo il collo. Si ferma al centro della stanza e, guardando la moglie, si avvicina a lei e allarga le braccia.

"Ma non volevo dire questo, piccola mia, sei stata sempre il mio passerottino".

Stringe a sé la donna che, nel contempo, si asciuga le lacrime con il tovagliolo e, agitata, cerca di sistemare una orrenda statuina.

Francoise le afferra le spalle con tenerezza e, accarezandole il capo, dice: "Hai ragione, i comportamenti di mio fratello sono spesso imbarazzanti, imperdonabili.

A volte non riesco a riconoscere in lui il giovane generoso che è stato al mio fianco per anni, ma questa volta ha detto la verità. Non ha rifiutato di aiutarci. È che non è a Parigi. Sarà fuori città per quasi venti giorni. Tutto qua. Comprendo che per noi è un problema, ma dobbiamo trovare una soluzione che salvi capre e cavoli. Sicuramente ci sarà. Però, ti pregherei di non piangere più. Mia madre dorme di là e non vorrei che, svegliandosi, sentisse i nostri discorsi. Ora, con calma cercheremo, insieme la soluzione. Non è necessario che litighiamo su un argomento che ci interessa davvero. Io come te voglio andare in crociera, voglio divertirmi, danzare al chiaro di luna, cenare a lume di candela, prendere tanto sole nel mare dei caraibi e fare il bagno in piscina. Geltrude, amore mio, desidero le stesse cose che desideri tu…!" La moglie lo guarda stupita.

"Ma non posso lasciare quella povera vecchia sette giorni a casa da sola! Le sue condizioni di salute sono pessime e potrei davvero farle del male. Soffrirebbe senza il conforto di nessuno. Tu sai quanto è sensibile…!"

Geltrude, asciugandosi le ultime lacrime che le bagnano il viso, rivolge lo sguardo al marito e, con una vocina leggera, sussurra: "Quando tuo fratello si è rifiutato di ospitare la madre, io ho tanto pensato e ripensato a una soluzione diversa. Certo, non è facile, ma credo di aver trovato un piccolo, piccolissimo, espediente".

Il marito, fissandola, le domanda a voce bassa: "Tu hai un espediente?"

"Si. Francoise, io ho un espediente" risponde la donna.

"E, allora, perchè non me lo dici subito e la facciamo finita? Guarda qui quanto sangue! Mi sono sfregiato il collo!"

Geltrude sorride e continua con la vocina convincente: "Ecco: la soluzione sarebbe quella di chiedere a qualcun altro di tenersi tua madre per una settimana. Giusto il tempo di partire e tornare dalla crocerina. Ti piace, Francoise?"

L'uomo resta immobile dopo aver ascoltato la proposta della moglie e, con il viso di chi non sa rispondere a una proposta così improponibile, esclama: "Ah… Tu hai trovato questa soluzione?

Pensa, pensa e finalmente mia moglie risolve tutto! Io come uno stupido non ci ho affatto pensato. Brava, brava, anzi, bravissima Geltrude! Ottima idea! Non è per niente difficile. La prima persona che ti capita a tiro. Signore le chiedo un piccolo e insignificante favore, davvero. Ho qui mia madre ottantenne, malata. Se la tenga per una settimana. Lui accetta immediatamente e noi? Grazie! Quanto è gentile, simpatico, umano, comprensivo, etc, etc, etc. È facile chiedere a qualcuno, sì a qualcuno: "Per piacere ti tieni mia madre ad Agosto, a Parigi? Non per sempre, solo una settimana. Geltrude, questa è una delle tue solite stronzate!" E continua a spennellarsi e cercare l'alcool per disinfettarsi.

"Dove hai messo l'alcool? Cazzo!" chiede alla moglie.

"E no, caro mio. Questa tua maledetta abitudine di interrompermi mentre parlo! Non mi hai dato modo di terminare la mia intelligente proposta. È lì nel secondo cassetto" risponde la donna indicando un mobile.

"Io ho trovato la persona che potrebbe, dico, potrebbe, farci questo favore. Se noi glielo chiedessimo con garbo, gentilezza, amore. Direi…"

L'uomo fissa di nuovo la donna e resta in attesa di sapere il nome del fortunato.

"Allora me lo dici questo nome?" chiede Francoise.

"Non mi crederesti mai, mesii… Baladiuuu…" Geltrude farfuglia alcune sillabe.

"Non farfugliare, non ho capito scusa, chi?" richiede Francoise.

"Messieauu Baladieuuuuu…!" la moglie ripete quel nome masticandolo fra le labbra.

"Accidenti Geltrude. Mi dici questo nome?" incalza irritato il marito.

"Messieu Baladieu. Messieu Baladieu, l'inquilino del piano di sopra!"

Francoise mentre ascolta le parole della moglie è frastornato e stupito. Si siede e chiede muovendo la testa in senso di diniego:

"Ma come ti è venuto in mente? Quello è un misantropo. Un lupo mannaro, una bestia notturna, una iena, nemmeno mi saluta per le scale, nemmeno alza la testa per guardarmi in faccia, nemmeno lascia al posto giusto la spazzatura. Nemmeno, nemmeno… È una proposta assurda, anzi, non è affatto una proposta. Io capisco che spesso pensi delle cose assurde, ma questa di chiedere a Baladieu di tenersi mia madre è, come dire, fantasiosa. Non voglio interromperti. Continua. Tu pensi che quel losco individuo, quell'essere spregevole e completamente pazzo, possa accettare? Tu davvero pensi che sia disponibile per una tale impresa?"

"Hai finito di imprecare contro il signor Baladieu? A parte le tue opinioni personali che sono offensive nei suoi confronti e prive di fondamento, Baladieu è una cara persona, timido, amabile ed è educato. È sicuramente un uomo estroso e privo di ipocrisia, ma ho molto riflettuto. Credo che possa fare al caso nostro e poi per quanto riguarda il suo aspetto fisico è, come dire, anche molto decente. Ho visto che non fa nulla dalla mattina alla sera, non ha bisogno che qualcuno gli prepari da mangiare perchè va giù dal cinese. Non ha un cane nè animali domestici a fargli compagnia. È un perfetto "solo". Poi sono certa che si commuoverà quando gli proporrò di tenersi tua madre e così, mare, sole, piscina, balli sul ponte… Hai! Già mi ci vedo in due pezzi" conclude Geltrude accennando un passo di danza.

Francoise si calma e inizia a riflettere sulla proposta della moglie. "Ma mia madre non è poi tanto arrendevole. È una donna riservata, ha il suo piccolo mondo nella camera, tutti i ricordi, non so che cosa ne pensa. Sono perplesso". Risponde dubbioso il marito.

"Ma noi non le diremo la verità. Mentiremo. Le diremo che purtroppo dobbiamo partire urgentemente perchè un nostro caro amico sta morendo in Normandia e ha bisogno di vederci prima che esali l'ultimo respiro. Sì, in Normandia mi piace. Lascia perdere, Francoise! Io gia sapevo che non avresti mai accettato, che avresti preferito restare a casa pur di non portare tua madre da Baladieu. A questa idea, sono certa che non riuscirai mai ad abituarti".

Geltrude ricomincia di nuovo a muovere concitatamente il tovagliolo sul tavolo e continua: "Va bene. Va bene. Era solo un'idea, possiamo lasciar perdere. Chiamiamo al telefono l'agenzia di viaggi, diciamo loro che putroppo abbiamo avuto un lutto in famiglia e per noi è impossibile andare in crociera. Rinunciamo. Perderemo 6000 franchi e buonanotte ai suonatori".

Il marito sembra convincersi che l'idea di Geltrude non sia poi così assurda e dice: "Aspetta, aspetta un momento. Non innervosirti subito e poi, mia cara, non prendiamo decisioni affrettate. Se tu hai una proposta ed è accettabile, perchè no? Io credo che in una situazione di piena democrazia noi abbiamo il diritto di mettere ai voti il tuo suggerimento".

"Ai voti? Siamo solo in due? Io e te!" esclama Geltrude.

"Cosa significa questo? La democrazia vale da uno a milioni. Non ha un numero definito. Diciamo che io e te siamo d'accordo. La proposta passa all'unanimità e, allora, che cosa si fa?" chiede Francoise alla moglie.

"Si va dal signor Baladieu a chiedergli se ci aiuta e si incrociano le dita!" conclude Geltrude.

Capitolo IV

L'appartamento del signor Baladieu è un antro buio.

Ricorda vagamente uno di quei luoghi angusti e malsani che si vedono nei documentari del National Geographic quando mostrano le periferie di New Dheli. Il puzzo di stantio, unito a quello della polvere lasciata per anni a increspare le superfici dei mobili e delle suppellettili aggiunge un tocco di maggiore disgusto. Questi frammenti che da tempo imprecisabile riposano beati dappertutto sono statici, impalpabili, grezzi, ruvidi.

Prendono vita per pochi secondi ogni qualvolta si apre l'uscio di casa. Ecco, allora, che il velo bianco libera una parte di se stesso nell'ambiente e inizia a volteggiare libero annientando come un uccello predatore anche l'ultima molecola di ossigeno presente nell'aria.

Baladieu ama vivere nel buio in quest'atmosfera fantastica, respirando a fatica e coprendosi il viso con un vecchio foulard. Basterebbe aprire per pochi istanti le finestre e il paesaggio cambierebbe, ma Baladieu non apre neanche le ante e ha persino sigillato le serrande dei balconi, impedendo anche al più microscopico raggio di sole di entrare e di illuminare un microscopico spazio di casa sua. Baladieu è allergico alla luce. Questa rara sindrome lo rende diverso dagli altri nello stile di vita. Lavora quando gli capita, ma solo di notte. Va a fare colazione la sera tardi e, spesso, resta tutto il giorno in contemplazione.

Tra le varie iatture che lo perseguitano sin dalla nascita c'è l'insonnia.

Da bimbo dormiva spesso nel letto dei genitori che finirono per lasciarlo da solo poiché gesticolava, parlava, piangeva e giocava senza mai chiudere gli occhi.

È un essere solitario, dal caratte schivo e discreto sembrando quasi asociale. Non saluta nessuno non ha amici e, se qualcuno, tenta di rompere questo muro di solitudine, accennando a un sorriso o a un semplice colloquio, Baladieu si irrigidisce e diventa antipatico più di quanto realmente sia.

L'appartamento di Baladieu è minuscolo. In una camera c'è il letto e un guardaroba. Nell'altra, più grande, c'è tutto il resto.

Nella prima ci si trova ogni cosa, come in un Souk.

Pacchi di qualsiasi genere e contenitori di oggetti ammassati uno sopra l'altro danno l'idea di un deposito di un negozio di elettrodomestici.

Alcuni di questi presentano gli imballi originali.

Baladieu non li ha mai aperti. Sono riposti in ordine ossessivo sugli scaffali lungo le pareti. Se volesse adoperarli non gli basterebbe una vita per farlo.

Tutti questi articoli occupano gran parte dello spazio.

La porzione restante la usa per deporre, dopo averlo ripiegato maniacalmente, il pigiama e le pantofole che riprende nello stesso ordine prima di andare a dormire.

La camera da letto è così intasata di arnesi che Baladieu per andare a dormire, quelle poche volte che gli capita, deve fare una enorme fatica per aprire la porta. Nel suo guardaroba convivono piccoli elettrodomestici nuovi e biancheria intima, coperte ancora imbustate e scarpe usate con le suole sporche di terriccio come fossero cimeli.

Dal soffitto pende un enorme lampadario di cristallo privo di lampadine. Baladieu non le ha mai acquistate. Grande quanto un ombrellone da spiaggia troneggia su quasi tutta la superficie del letto e, per dirla breve, è la cosa più brutta del locale.

Il pover'uomo adopera una piccola lampada poggiata sul comodino che emette una luce fioca e triste che, a dire il vero, è in perfetto, pandant, con il resto dell'ambiente. Le pareti sono dipinte di una tinta verde oliva. Questa colorazione deprimente dà un tocco definitivo a tutto lo spazio.

L'altra stanza si converte, all'occorrenza, in salotto, in camera da pranzo, in studio, in camera per gli ospiti e, di frequente, in luogo di contemplazione sull'esistenza umana nelle elucubrazioni solitarie dell'uomo. Cosa che Baladieu fa spesso e che, generalmente, culminano con un nulla di fatto. Baladieu è nel salotto.

Anche qui c'è una assoluta carenza di luci, a parte quella di una minuscola abat-jour poggiata su un mobile stile anni '50.

Una lampada illumina il modesto ambiente elargendo un chiarore pallido e dispensando orrende ombre sulle pareti.

Baladieu è seduto sul divano e ha tra le mani una busta bianca da cui ha estratto una pagina su cui è scarabocchiato qualcosa a penna.

Legge e rilegge il foglio di carta. Ha il viso teso e le sopracciglia umide fanno sgocciolare piccole quantità di sudore sul documento.

Al centro della stanza c'è una sedia afflitta, come il suo proprietario, su cui oscilla una corda del diametro di circa un centimetro.

Il nodo scorsoio, alla fine della fune, è perfetto e sembra essere stato realizzato da un boia professionista. Il cavo è saldamente legato alla base di acciaio del vecchio lampadario, anch'esso privo di luci.

Baladieu guarda il foglio che ha fra le mani e, singhiozzando, riesce a leggerne a voce alta il contenuto: "È finita. Mi suicidio perchè sono stanco".

Solo Maximilian Baladieu può suicidarsi e lasciare una lettera in cui manca il proposito del suicidio. Avrebbe almeno potuto scrivere: "È finita. Mi suicidio perchè sono stanco di vivere, stanco di questa vita anonima, stanco di essere maltrattato, stanco di essere un parassita... etc... etc...".

Baladieu è capace di questo e di tante altre stravaganze. In ogni episodio della sua vita, in ogni attività in cui si è impegnato, c'è stato qualcosa di sciocco e irragionevole che gliel'ha lasciata sfuggire. Come quella volta quando lavorava in banca e, durante l'ora di pausa, uscì dall'agenzia e si sedette sulla scalinata che portava all'ingresso dell'ufficio per consumare una fugace colazione. Urlò a squarciagola ai passanti: "Amici, amici miei, ormai la fine del mondo è vicina e nulla è possibile fare per evitarla". Estrasse un enorme fazzoletto nero dalla tasca dei pantaloni e asciugò la sua fronte bagnata come un cocomero immerso nell'acqua. "Signori, vi chiederete se c'è del vero nelle mie parole? Allora io vi rispondo: Sì! È vero! Sì, è vero! Me lo ha detto mia nonna in sogno. Una donna austera, seria, onesta, senza grilli per la testa. Insomma, una vera patriota. Allora, andatevi a godere questo danaro prima che perda totalmente il suo valore".
Introdusse la mano in una busta di plastica del supermercato e la tirò fuori stringendo un grosso pacco di banconote. Appena la gente vide i soldi corse verso di lui. Baladieu sorrideva beato. Era riuscito ad attirare l'attenzione. Con lo stesso gesto che il contadino adopera per la semina, così Baladieu lanciava in aria pugni di danaro. Tutti tentarono di afferrare il malloppo ma Baladieu, scaltro come una volpe, finita la semina gettò la busta per strada. La gente raccolse il danaro e poi fuggì facendo perdere le proprie tracce. Quella mattina Baladieu elargì ai passanti oltre ventimila franchi.
Fu licenziato in tronco senza che la banca gli chiedesse una spiegazione plausibile e fu costretto a restituire tutto il danaro.
Oggi Maximilian Baladieu ha deciso di farla finita. L'uomo fissa la sedia. Fra qualche minuto salirà sul patibolo che egli stesso ha meticolosamente allestito e porrà fine alla sua inutile realtà.
Stringe nella mano la vergognosa lettera di addio poi, con rabbia, la

appoltiglia e la getta a terra. Si leva dal divano e, con lo sguardo fisso nel nulla, si dirige verso l'ultima meta ma, a un tratto, inciampa e cade. La sedia ruzzola e urta un tavolino che, a sua volta, fa cascare a terra un vaso di terracotta a cui Baladieu tiene tanto. Il vaso irrimediabilmente si riduce in cocci che l'uomo raccoglie e pone con cura in un cassetto, come se avesse intenzione di riattaccarli più tardi.

Baladieu solleva la sedia e senza voglia, con un groppo alla gola, la rimette al suo posto. Finalmente riesce a salirci su e, con entrambe le mani, allenta il foro del cappio e delicatamente inserisce il capo nel robusto arnese: "Ormai è fatta! La speranza del genere umana si è avverata. Ora Baladieu passerà alla storia come il primo uomo saggio che ha scelto il suicidio per vivere meglio.

"Sì, amico mio, è finita. Ora darò un calcio a questa maledetta sedia che spero regga il mio peso e caschi senza darmi ulteriori problemi e io penzolerò rigido, duro come un pezzo di ghiaccio e, finalmente, potrò guardare l'umanità dall'alto in basso senza vergognarmi, senza chiedere perdono, senza dire: "Signora, per piacere, si faccia più avanti perché c'è posto, mi sta sui piedi da un'ora, senza più avere pietà dei cani abbandonati, senza vedere più George e le sue stramaledette fatture del gas, senza accontentarsi del poco per poi ottenere il nulla e senza sentirmi dire che bisogna voltare pagina e ricominciare da capo. Ecco cosa significa l'ora fatale" pensa stringendo il cappio al suo collo. "Quest'ora fatale è mia e guai a chi tenta di rovinarmela".

Il misero non ha più rimedio. Il suo destino sta per compiersi. La morte già lo guarda e sorride.

Baladieu ha sul viso l'inequivocabile smorfia dello sconfitto, di chi non ha più scampo, di chi non conta più nulla, di chi non ha l'asso nella manica, di chi ha smarrito la chiave di casa, di chi non riesce ad avere due piedi in una scarpa e di tante altre cose che è inutile elencare. L'uomo è immerso totalmente in un'apnea celebrale nel mare dei suoi pensieri e si lascia oscillare.

"Signor Baladieu!" urla una voce al di là della porta, "apra, per piacere! apra la porta!"

Baladieu ha chiuso gli occhi e, pallido in viso, attende il momento fatale quando la sedia cadrà e si lascia ondeggiare sulle gambe tremolanti come se fosse sul Tgv Parigi Lione.

"Maledetta sedia, avrei dovuto da tempo riparare quel suo piede claudicante. Speriamo che non si pieghi su se stessa altrimenti io non posso completare il mio grande progetto. Ma che importa! Sono certo che prima o poi finirà di oscillare e cadrà. Dio mio aiutami! Dammi una mano! Ti giuro che non ti darò più disturbo! Falla cadere e facciamola finita!" pensa Baladieu mentre, con il capo chino, segue con attenzione i movimenti del piede della seggiola senza dare il minimo ascolto alla voce proveniente dal pianerottolo.

Il suo corpo ormai in attesa dell'attimo in cui il patibolo si aprirà è sordo a ogni richiamo di vita, si sta spegnendo come un moccolo.

"Signor Baladieu apra, la prego! Sono Geltrude Roche, l'affittuaria del piano di sotto. Non proprio quello. Lì ci sono i Mansard. Quello di fronte".

Geltrude ha una pausa di riflessione e poi continua: "Comunque vivo sotto di lei. Ci conosciamo bene. Ricorda l'anno scorso quando ha raccolto la mia spesa che era scivolata giù per le scale? Il signor Bovary scambiò le arance per topi e iniziò a colpirle con la scopa fino a quando lei non intervenne e spiegò a quel simpaticone come si regge una scopa se si vuole uccidere un ratto! Ecco, io sono la proprietaria dei ratti. Accidenti, ma che dico?! Delle arance. So che è in casa. La prego apra perchè ho urgentemente bisogno del suo aiuto".

I coniugi Rocher, nel frattempo, iniziano a dar pugni contro la porta, prima lentamente e poi, non ricevendo alcuna risposta, con vigore e, contemporaneamente, suonano il campanello.

"Penso che stiamo superando i limiti. Questo non apre. Non credo che sia in casa. Tu continui a suonare e se stesse dormendo? Se stesse al bagno? Se stesse al telefono? Se stesse nascosto sotto il letto per paura dei topi? Se stesse scrivendo e non desidera essere importunato?" Francoise sbotta con la moglie e tenta di dissuaderla.

La Rocher lo fissa e rivolgendosi a lui incollerita: "Stai zitto, non fare lo stupido e lasciami continuare! Io lo conosco abbastanza bene. Lui sta dentro e non vuole aprire la porta di casa. Basta convincerlo con dolcezza. Basta dargli un po' di fiducia. Basta accarezzare la sua anima e lui si scioglie. Pensa, invece, alle passeggiate sul ponte della nave e il bagno in piscina, le cene al chiaro di luna, i balli e tutte quelle straordinarie cazzate che si fanno su una nave da crociera".

Dopo la sfuriata con il marito, la donna si calma e riprende il tono di voce persuasivo: "Apra signor Baladieu, la prego, è una questione molto seria, non faccia così! Lei sa che siamo buoni amici. Lei sa che la stimiamo e quanto le vogliamo bene! Spesso abbiamo respinto la proposta di sfratto avanzata da George e noi a dargli sotto a muso duro a difenderla. Ma signor George, gli dicevamo, Baladieu è una brava persona. Baladieu è una persona onesta. Baladieu è un ottimo inquilino e ha un animo nobile e ora lei non apre questa porticina e non ascolta la sua amica Geltrude che ha una cosetta urgente da dirle? Via, non si faccia pregare!"

"Io credo che tu stia un po' esagerando con queste smancerie" esclama il marito a voce bassa.

"Ma la mia, la mia non è una questione seria? La mia non è una questione di vita o di morte? Anzi, direi più di morte… E poi non siamo affatto buoni amici. Al massimo siamo nemici non belligeranti. Ci siamo incontrati tre volte sul pianerottolo. Voi mi detestate come fanno tutti. Ho sempre visto gli sguardi di odio".

"Ha ragione. Su questo sono d'accordo con lui. Io lo odio cordialmente…" esclama a bassa voce Francoise.

"Zitto! Zitto! Forse l'ho convinto ad aprire questa stramaledettissima porta" gli risponde la moglie mentre Baladieu continua: "Gli sguardi di invidia, di lussuria. Sguardi scabrosi, poco puliti insomma. In questo momento non ho alcuna intenzione di aprire la porta a sconosciuti!" risponde urlando a sua volta Baladieu e, irrigidendosi, tenta di restare ritto sulla sedia. "Ma perchè questa insopportabile sedia non fa il suo dovere di sedia? Ho capito. Anche lei mi odia e non vuole darmi la soddisfazione di cadere" dice Baladieu con un filo di voce e poi, rivolgendosi a Rocher: "Non c'è nessuno. Qui non vive più Baladieu. È solo un ricordo e la mia voce proviene da un ologramma lanciato nello spazio 2000 anni fa. Lasciate un messaggio in segreteria o lanciate un foglietto di carta sotto la porta o, se potete, va bene anche un colombo viaggiatore o, se vi fa più comodo, tornate questa notte. Ora non posso ricevere nessuno".

"Ma, la prego, apra questa porta a un'amica bisognevole di aiuto e amore! Un'amica che le deve parlarle con urgenza".

"Ahh..." si sente un urlo provenire dall'interno.

"Accidenti. Accidenti! Sciò! Sciò! Come ve lo devo dire che sono impegnatissimo? Preso totalmente nell'anima e, ahimé, nel corpo!" urla ancora Baladieu.

Purtroppo, come già precedentemente è avvenuto, la sedia traballa di nuovo e Baladieu è terrorizzato. Con la punta dei piedi riesce a recuperare un minimo di equilibrio ma cade a terra rovinosamente. Comunque rapidamente è in grado di tirar via il cappio dalla sua testa.

I Rocher sentono il forte tonfo e preoccupati esclamano: "Tutto bene signor Baladieu? Tutto bene? Sta bene? Non ci faccia impensierire. Apra che le diamo una mano. La prego, apra! Siamo qui per aiutarla e non giudicarla. Se lei muove la maniglia della porta noi facciamo il resto, ma non ci lasci qui fuori alle intemperie".

Baladieu si rialza, rimette in ordine la camicia e ripone meticolosamente la sedia al suo posto. Si dirige verso la porta e la apre lasciando la catenella inserita. Dalla fessura guarda il viso di Geltrude che sorride e quello grave di Francoise.

"Cosa volete? Bussare a quest'ora di notte. Svegliare tutto il vicinato. Far abbaiare il cane del signor Bovary. Potrebbe arrivare la polizia da un momento all'altro e arrestarvi per schiamazzo notturno. Non vedete? Non vedete? Sono impegnatissimo. Ho tante cose da fare. Devo scrivere le mie memorie. Un libro sulla rivoluzione in Kenia e proprio ora me ne è capitata un'altra. Un'altra grande occasione della mia vita persa. Persa come si perde un cane, un gatto, che dico?! Un figlio! Facciamo per un'altra volta signora".

"Non è possibile e poi sono le 11 del mattino" risponde con fermezza Geltrude e aggiunge, incastrando il suo piede tra la porta e il muro per evitare che Baladieu possa richiudere: "È una cosa veramente urgente" esclama singhiozzando la donna. "Allora telefonatemi!" incalza Baladieu.

"Non è possibile!" risponde la donna.

"Scrivetemi!" insiste Baladieu.

"Non è possibile!" aggiunge la donna.

"Un'email. Ecco, un'email mi piace di più, ora vi do il mio indirizzo".

Un attimo di silenzio e Baladieu ormai convinto dalla fermezza di Geltrude toglie la catenella e apre la porta ai due.

"Signora Geltrude, spero per lei che quello che sta per dirmi sia davvero importante, perché, mi creda, ho degli impegni molto seri e improrogabili. La mia vita è un vortice di probabilità. Sono ormai in stato comatoso-farmacologico da anni e, improvvisamente, possono capitare cose terribili. Cose atroci che, al solo pensarle, si rabbrividisce. Non ho bisogno anche degli impegni degli altri".

"I nostri, purtroppo, sono impegni seri e improrogabili" risponde Geltrude e, con uno strattone, apre impetuosamente la porta ed entra con il marito.

"Accidenti che polvere! E poi non si vede nulla. Perchè non accende una luce? Ma c'è una luce signor Baladieu?" chiede Francoise.

"Zitto, imbecille, vuoi che chiuda di nuovo la porta?"

Nel frattempo Baladieu, con indifferenza, fa accomodare i due in un piccolo vano che attraverso una porta dà accesso al salotto.

"Volete sedervi?" chiede educatamente Baladieu ai due.

I coniugi Rocher osservano intorno ma non vedono sedie.

"Sì, grazie!" risponde Gentrude.

Baladieu apre la porta del salone e cerca due sedie ma non c'è ne sono altre se non quella su cui stava per togliersi la vita. La agguanta e la trascina oltre la porta. Quando l'uomo apre il passaggio, i due ospiti vedono la corda che penzola dal soffitto e rimangono impietriti.

"Lei, per caso, stava per suicidarsi?" chiede Geltrude afferrando la mano di Baladieu.

"No signora, no signora, ma cosa dice? Con tutte le cose che ho da fare non ne avrei il tempo". Baladieu si volta, dà un'occhiata alla corda e dopo un po' risponde: "No madame, tentavo di far salire quel maledetto lampadario più su. A volte gli sbatto contro senza accorgermene. È stato montato al contrario e io tentavo di raddrizzarlo. Amo le luci a cupola".

"Ma di quale lampadario sta cianciando? Geltrude, quello è un cappio! Stava per suicidarsi e noi gli abbiamo salvato la vita!" Esclama Antoine scoprendo il cappio.

"Zitto stupido uomo!" risponde a denti stretti Geltrude. "Quale cappio? Fa l'indifferente?".

"Si accomodi signora Geltrude". Baladieu invita con garbo la donna e, poi, rivolgendosi al marito: "Vuole anche lei una sedia o preferisce stare all'impiedi? O se lo desidera può scegliere una posizione Yoga stendendosi a terra. Le consiglio il saluto al sole, le permette di ascoltare, parlare, ridere fare tutto insomma senza muovere un dito. È quella che amo di più. E poi gliela consiglio perchè è a costo zero".

"Non fa nulla Baladieu, la prego, lasci stare la sedia, preferisco restare all'impiedi" risponde Francoise guardandosi intorno e scoprendo che non ci sono altre seggiole su cui sedersi. "Dunque" chiede con garbo Baladieu: "Mi parli di questo problema urgente, di questo impegno, come ha detto "improrogabile" che mi ha fatto interrompere la meditazione".

"Va bene, signor Baladieu. Può continuare più tardi con calma la sua meditazione" dice Francoise sorridendo con delicata ironia.

La moglie gli molla un'altra gomitata.

"Dunque, signor Baladieu, come già le ho detto, noi abbiamo un grande problema che solo lei può aiutarci a risolvere. Siamo anche molto dispiaciuti di aver interrotto la sua meditazione, ma se non parliamo con lei, non so che cosa potrebbe accadere" esordisce affranta la donna e inizia a piangere.

"Avete trovato una testata nucleare nel giardino condominiale?

Avete scoperto una mummia egizia nello scantinato? No! Avete visto madame Selma che si masturbava sul terrazzo? Lo fa spesso e adopera un berretto della Luftwaffe, ma io non ci faccio più caso e, allora, che cosa può essere accaduto?" chiede irritato Baladieu

"Un nostro caro, più che caro, carissimo, anzi direi fraterno…" confida Geltrude con le lacrime agli occhi.

"Allora?" la interrompe Baladieu.

"Un nostro fraterno amico sta morendo. Ecco questa è la vera ragione della nostra improvvisa visita" conclude la donna tirando su il naso.

"E voi interrompete un momento astrattico, un momento epocale per dirmi che un vostro amico fraterno sta morendo? Cosa vuole che mi importi di costui che crepa? Sa quanta gente muore ogni giorno? Ogni ora? Ogni minuto? E io? Non sto morendo anche io?" percependo che ha detto qualcosa in più si riprende e continua: "Certo… Tutti prima o poi dobbiamo morire. Questa è la regola dell'universalità stupefacente".

"Signor Baladieu non è il caso che lei faccia dell'ironia sulla tragica situazione del nostro amico parlandoci dell'universalità!" esclama la donna.

Francoise strattona il braccio a Geltrude interrompendo il dialogo fra i due, che ritiene sia su un binario morto e aggiunge: "Signor Baladieu. È inutile che stiamo a girare intorno al problema. Un nostro caro e come dice mia moglie, fraterno amico (che vive) in Normandia sta morendo e noi dobbiamo correre da lui".

"E andate da lui. Andate dove volete! In Normandia. In Bretagna. Ovunque. Ecco andate in Australia, c'è lavoro laggiù, ma io che cosa c'entro con questo viaggio? Io non desidero venire con voi. Io non mi muovo da qui. Non voglio vivere in Australia in compagnia di canguri e sconosciuti che, tra l'altro, mi detestano. No! No! E poi non ho il passaporto. Ho solo un ricambio di calzini e odio volare" risponde categorico Baladieu.

Geltrude, comprendendo che l'intervento del marito non è stato risolutore, inizia di nuovo a parlare con l'uomo: "Certo, è vero che noi siamo liberi di andare dove vogliamo e non desideriamo costringerla affatto a venire con noi in Australia, poi! Ma lei conosce mia suocera? La signora Clotilde? Quella magnifica vecchietta che vive con noi? Sì, sono certo che la conosce".

"Sì la conosco e allora? Che c'entra la vecchietta madre di suo marito con il viaggio in Normandia e con il vostro amico che sta morendo? Spiegatemi, cosa c'entra?"

"È vero, ha ragione, ma ora le spiego!" dice Geltrude.

"Ecco mi spieghi, mi spieghi tutto è meglio!" aggiunge determinato Baladieu.

"Dunque! Noi abbiamo questo nostro caro amico".

"Vada avanti e tralasci i particolari. A questo punto ho necessità di una meditazione immediata, di un attimo subliminale che mi renda partecipe. Vado un momento via, torno fra un paio di anni e ne riparliamo". "La prego non vada via Baladieu! Il nostro amico sta molto male! Un cancro gli ha letteralmente paralizzato tutto il corpo e, a dire del suo medico, ne avrà al massimo per una decina di giorni".

Geltrude si interrompe e accenna a un lievissimo piagniucolio senza lacrime.

"Noi abbiamo deciso di andare al suo capezzale per una settimana, ma, caro signor Baladieu, abbiamo un altro grande problema".

"Non avete i soldi per il viaggio? Io sono al verde da anni, non posso prestarvi neanche un franco, non ho Dracme né Dollari, non capisco come posso aiutarvi con il danaro. Cari signori il discorso è chiuso prima di iniziare" risponde risoluto Baladieu.

"No, signor Baladieu, non è una faccenda di danaro. Grazie a Dio ne abbiamo a sufficienza ma è che, in questo viaggio, non possiamo portare con noi..."

La Rocher non ha il coraggio di parlare, ma Baladieu la interrompe e continua: "Le valigie. Ho capito tutto. Non potete portare con voi il bagaglio. Io non porto mai valigie con me. Viaggio con un sacco di plastica biodegradabile del supermercato qui accanto. Odio le valigie o forse non potete portare con voi il cane? Lasciatelo a una pensione per animali domestici o un uccellino, lasciatelo al vecchio Bovary, neanche lo vedrà e farà compagnia al suo cane. La tartaruga. Ecco, ho capito, avete una tartaruga e non sapete a chi lasciarla. Detesto le tartarughe e il loro becco ad aquila!"

"Signor Baladieu ma lei è pazzo?" esclama Geltrude interrompendolo.

C'è un attimo di silenzio e i Rocher si guardano in faccia per capire che cosa risponderà Baladieu a questa esclamazione.

"Ebbene sì. Sono pazzo schizzofrenico! È vero. Anche voi lo sapete o lo avete semplicemente capito da come porto i capelli. Sono certo che lo avete scoperto scavando nei sacchi della mia spazzatura. Dovevo chiuderli meglio. Schizofrenia acuta. Questa è stata l'ultima diagnosi. Io pensavo si trattasse di una forma leggera di psoriasi, che dico, una cefalea ambicentrale curata male o un po' di cimurro invernale. Il dottor Roland, invece, è stato caustico e mi ha detto: "Signor Baladieu lei è un fottuto schizofrenico e ha preteso che gli pagassi cento franchi. Capite ora? Questa è la nuda verità!" E poi ha aggiunto: "E non vada via come l'altra volta senza pagare la visita... Cazzo! Questa è la mia solitaria tragedia, sono shizofrenico e non lo sapevo!" e inizia a singhiozzare.

"Non si preoccupi Baladieu. La schizofrenia è poco più di un raffreddore" esclama soddisfatto Francoise, voltandosi verso la moglie.

"Per questa cosa sono distrutto e allora ho deciso di farla finita. Ah, povero me! Che cosa sarà di mia moglie, dei miei figli, della mia famiglia?"

"Ma lei ha figli?" chiede Geltrude.

"No!" risponde Baladieu piangendo.

"Ha moglie?" chiede ancora la donna.

"No!" risponde di nuovo Baladieu. "Mai avuta!"

"Ha sorelle, fratelli? Parenti alla lontana?" continua Geltrude.

"No!" risponde singhiozzando Baladieu.

"Allora lei è davvero pazzo, signor Baladieu! Ma mettiamo da parte la sua malattia, lei deve aiutarci!"

"Perdonatemi, ma quando parlo della mia esistenza mi lacrima l'occhio destro e ho un tremolio all'alluce. Voi siete esperti? È una cosa grave?" chiede Baladieu iniziando a singhiozzare.

"Non faccia così. Ora ci siamo noi che possiamo aiutarla. Stia su!" lo esorta Geltrude.

Baladieu improvvisamente diviene serio. Fissa negli occhi Geltrude e con un filo di voce dice: "Ma sbaglio o siete qui per chiedere voi a me aiuto e non viceversa?"

"Ha ragione. Allora veniamo al punto. Mia suocera Clotilde è ammalata e noi non possiamo portarla con noi". Si volta verso il marito e gli dice sottovoce: "Hai visto che glielo detto tondo tondo".

"No Geltrude. Non hai detto proprio niente tondo tondo" risponde il marito sottovoce.

"Signor Baladieu, lei dovrebbe ospitare la madre di mio marito, Clotilde, per sette giorni e cioè da domani. Ecco!" aggiunge la donna e voltandosi verso il marito: "Hai visto? Finalmente gliel'ho detto tondo tondo!"

"Sì, è vero. Ora glielo hai detto tondo tondo" conclude Francoise approvando il comportamento di Geltrude.

I coniugi si guardano negli occhi, sono entrambi fieri di aver palesato tutto a Baladieu.

Si sente un tonfo. I Rocher si voltano all'unisono e vedono Baladieu disteso a terra.

"Signor Baladieu che cosa le è successo? Così all'improvviso, mentre parlavamo con tanta serenità, lei crolla qui a terra? Noi non le abbiamo fatto nulla. Si sente male? Chiamiamo un medico? Un'ambulanza? Qualcuno che la visiti? Poverino è diventato tutto giallo e si è indurito, ma proprio duro. Guarda il viso come è contratto, è contratto e rigido". E rivolgendosi al marito, Geltrude dice: "È accaduto tutto in un attimo, mentre era con noi è caduto. Sarà scivolato! Ma Dio! Che cosa gli è successo?"

Francoise guarda il corpo di Baladieu dall'alto, dondola il capo e sentenzia: "Questo è morto. Lo si vede da tanti piccoli particolari. È stramazzato al suolo per un colpo di stress. Accidenti a te ed alle tue idee" dice alla moglie.

"Ma se non lo abbiamo neanche sfiorato! Non gli abbiamo torto un capello, anzi, quando siamo entrati non gli ho dato neanche la mano per salutarlo" aggiunge Geltrude.

"E questo cosa significa?! Si muore di infarto anche ascoltando una brutta notizia. Mio zio Alfred morì d'un colpo leggendo il conto del ristorante e questa per Baladieu è stata proprio una brutta notizia. Un colpo al cuore che un essere umano non può sopportare. Tu gli hai chiesto di tenersi mia madre e questo basta per morire con un'apoplessia. Non gli hai parlato neanche di un esiguo contributo economico che avremmo potuto elargire. Il poverino ha avuto un grande spavento e zac, è scattata l'ischemia, dirompente, di quelle che non perdonano, come avvenne per tuo zio Filippo, ti ricordi? Ha avuto anche lui un colpo apoplettico!" spiega Francoise.

"Ma Francoise! Tuo zio Filippo aveva centotré anni" gli risponde la moglie.

Baladieu è disteso sul pavimento, pallido in viso. Le sue gambe sono divenute molli e prive di vita e i piedi scalzi fanno capolino al centro dell'antisala. I Rocher si avvicinano con cautela e Francoise, per il timore di fare un gesto che possa complicare la situazione, mette con delicatezza una mano sul cuore dell'uomo e sentenzia: "È morto Geltrude, ne sono certo, anzi ne sono certissimo. Non sono un medico ma quest'uomo qui, davanti ai nostri piedi, è morto" e aggiunge, "o forse non ancora! Ci sono dei casi di morte apparente, ma non è il suo".

E, cambiando il tono della voce, continua: "Egli è finito così, disteso su un pavimento freddo e oltremodo sporco, concludendo un'esistenza precaria. Pover'uomo, che pena... Mi si stringe il cuore..." La moglie lo fissa, sbalordita da tanta ipocrisia. Il marito, che qualche minuto prima aveva espresso tutto il suo dissenso su Baladieu, ora è lì a leggerne l'epitaffio. "Comunque" aggiunge Francoise "è certamente più morto che vivo. Si credo che sia davvero morto. Io non ho mai visto un morto, ma quando si muore si diventa così, come Baladieu".

"Dio mio che cosa abbiamo fatto?" Geltrude scoppia in lacrime e continua: "Lo abbiamo ucciso solo parlandogli. È bastato chiedergli se avrebbe potuto ospitare tua madre che è morto. Dio mio! Quella donna riesce a colpire anche senza essere presente!"

"Che cosa hai fatto tu? Mia cara Geltrude!" esclama il marito. "Te lo avevo detto che era un'idea balorda e per giunta stupida parlare con Baladieu, un energumeno unico, un uomo che lascia i sacchetti delle immondizie dappertutto, un uomo che va in giro scalzo per casa con una mutandina di Walt Disney sul capo. Ora ecco il risultato, devi essere fiera del tuo operato. Baladieu è morto" le risponde a tono Francoise.

"Sei uno stronzo come tuo fratello. Hai voluto anche mettere ai voti la mia proposta prima di venire qui. La democrazia! Ecco che cosa significa la democrazia per te! La mia idea è stata approvata all'unanimità da tutti i presenti!" conclude categorica Geltrude.

"Ma quale approvazione? La votazione? Eravamo solo in due, non ha alcun valore legale! Comunque stai tranquilla, si tratta di delitto preterintenzionale. Sono pochi anni di carcere, il giudice ti darà anche delle attenuanti per aver eliminato uno dei più grandi rompicoglioni del secolo. Saranno clementi nel giudicarti e, non preoccuparti, io sono tuo marito e ti scagiono".

Geltrude continuando a piangere palpeggia ovunque il corpo di Beladieu sperando di trovare qualche frammento di vita.

"Che donna sfortunata che sono… Un marito che mi accusa di omicidio e io che avrei ucciso un uomo senza neanche sfiorarlo. Addio crociera, addio balli sul ponte al chiaro di luna, andrò in carcere a vita!" esclama la Rocher asciugandosi le lacrime.

"Che fai lo perquisisci? Gli tocchi le parti intime? Gli palpeggi l'affarino?" chiede il marito innervosito.

"Ma che perquisisco? Palpeggio l'affarino? Sei una bestia, un vero maiale. Controllo se qualche parte del corpo è ancora viva. Potrebbe avere una mano o un braccio che gli funziona ancora. Ho letto su una rivista che i capelli continuano a crescere dopo la morte!" esclama la donna.

"Ma Baladieu è calvo!" risponde Francoise.

Baladieu è ancora a terra e non dà segni di vita. Ha gli occhi chiusi e una smorfia di dolore sul viso contratto. I pugni serrati, sui quali sono sparsi rigagnoli di vene, rendono la superficie delle mani simile a ragnatele. L'uomo ha le braccia adagiate ai fianchi. I Rocher si guardano negli occhi. Non sanno cosa fare: se chiedere aiuto a Madame Selma o se fuggire in un paese in cui non esitste l'estradizione.

D'un tratto Baladieu, come una marionetta, solleva il tronco e resta seduto di fronte agli ospiti.

Questo gesto avviene con tale sveltezza che i Rocher impallidiscono.

L'uomo spalanca gli occhi tutto d'un colpo, fissa con lo sguardo Geltrude e farfuglia qualcosa di incomprensibile.

Le sue labbra emettono anche un leggerissimo suono, simile a quello di una zampogna, ma molto più sottile, fino a quando non diventa cosciente e inizia a parlare sorridendo come un idiota.

"No! No! Signora Geltrude, non può chiedermi questo. Lei non ha alcun diritto di chiedermi questa cosa orrenda. Sono rintanato in un buco. È come se vivessi in una ragnatela. Non ho spazio sufficiente per me, immagini per una suocera. Nel mio salotto ho un divano su cui quasi sempre ci dorme il cane. Sarebbe difficile far accettare a un cane la presenza di una vecchia nel suo letto. È un animale così sensibile, con lui ho un rapporto straordinario, ci amiamo ormai da molti anni. Poi io detesto le vecchie in genere, perchè puzzano." Baladieu continua a blaterare senza mai interrompersi.

"Mia madre non puzza ed è una donna pulitissima, glielo posso garantire. Non dica stronzate. Lei non ha mai avuto un cane" urla Francoise, ma Baladieu è una valanga di parole. "Devo partire per un lunghissimo viaggio e non credo che ritornerò più in questo mondo che mi ha donato solo umiliazioni e buio. Sì! Un buio interminabile. Stavo appunto confrontando i prezzi del biglietti di alcune compagnie aeree". Si ferma per un attimo e sembra che, nella sua mente, stia elencando i suoi prossimi impegni. Poi aggiunge: "Non ho tempo. Sono oberato di lavoro. Pensate che proprio questa mattina ho parlato al telefono con un'azienda straniera per una collaborazione. Una collaborazione ben remunerata. Cose da milioni di franchi".

"Non è vero! lei si stava impiccando quando siamo arrivati e noi le abbiamo salvato la vita" lo interrompe Francoise.

"Impiccando?! Che parolona! Che parolona! Non avrei mai fatto una tale stupidaggine. Ero preso da un rapporto tecnico spirituale con il mio lampadario. L'ho montato al contrario e volevo rimetterlo a posto. Taccia comunque e mi ascolti attentamente. Non potrei neanche preparargli da mangiare. Con me rischierebbe di morire di fame. Sa che le vecchie mangiano tanto? E poi sporcano in continuazione, sono peggio dei gatti siamesi!" conclude.

"Guardi Baladieu, mia madre non è un gatto siamese. Dica che non la vuole. Dica chiaramente: "Andate al diavolo!" ma non aggiunga più una parola sulla pulizia e l'alimentazione di mia madre e sui gatti siamesi, altrimenti le spacco la faccia" continua offeso Francoise.

Baladieu cambia atteggiamento e diventa buono e remissivo.

"È vero, non ho un cane e neanche un gattino. Da piccolo possedevo un criceto di nome Giuseppone, mia madre disse che detestava i topi e lo uccise con la scopa.

Allora accetto. Ho deciso. La prendo e mi date cinquecento franchi. Né uno di meno né uno di più" conclude Baladieu.

"Ma lei è un delinquente!" esclama Francoise.

"Prendere o lasciare!" risponde seccamente Baladieu.

"Va bene accettiamo!" interrompe convinta Geltrude.

"Ma perché non taci, quando devi tacere? Potevo aprire una trattativa, risparmiare qualche franco e tu invece hai accettato subito!" dice irritato Francoise, strattonando la moglie.

"Taci tu! Cretino! Se questo ci ripensa siamo fregati!" E, rivolgendosi a Baladieu, Geltrude dice: "Va bene signor Baladieu, ciò che dice è giusto. Anche noi avevamo pensato una cosa del genere, comunque accettiamo la sua proposta. Lei avrà, qui a casa, mia suocera con il danaro nelle mani".

"Vedo che iniziamo a ragionare. Ora, per piacere, ho bisogno di restare solo con me stesso. Noi dobbiamo prescindere, miei cari amici. Come vedete tutto è a posto, potete partire. Il signor Baladieu vi darà una mano e questa vecchia, che neanche ricordo chi sia, starà con me, sarà la mia seconda madre e io l'amerò come se davvero lo fosse. Va bene? Ma prima i soldi, altrimenti vi tenete la vecchia e non andate in Normandia". Baladieu è calmo. Lo sguardo è ritornato normale. Ha cambiato atteggiamento.

"Signor Baladieu, è stato davvero comprensivo e gentile. Lei ha un animo buono, ha capito quanto dolore esista nel nostro cuore pe l'imminente scomparsa del nostro amico e agendo come un vero gentleman ha fatto sì che partiamo tranquilli. La madre di mio marito sarà in ottime mani. Ne sono certa ma, perdoni, le volevo dire qualcosa di insignificante che ho compreso conoscendola meglio. Lei è completamente pazzo, ma ha un grande acume per le cose pratiche. Non è come mio marito. Un teorico in tutto. Dico in tutto" conclude Geltrude sorridendo e, dopo aver preso sottobraccio, il marito si congeda da Baladieu.

"Ora noi andiamo a preparare le valigie signor Baladieu! Ha compreso bene? Noi ora andiamo a fare i bagagli per partire e da domani non ci saremo più. È chiaro signor Baladieu che noi da domani non ci saremo?" ribadisce con fermezza Geltrude.

Baladieu li guarda con indifferenza come se non li conoscesse. Si limita solo a ripetere ossessivamente "Cinquecento! Cinquecento! Cinquecento!"

I Rocher vanno via soddisfatti. Baladieu torna nel salotto, ripone la sedia e con tranquillità toglie la corda che pendeva dal soffitto.

Clotilde, la madre di Francoise e suocera di Geltrude, è una donna davvero terribile. Non c'è argomento che la freni dal mettere il naso.

Vive chiusa nella sua stanza, ma ha la capacità di ascoltare ogni parola dei dialoghi che avvengono tra marito e moglie.

Quando comprende che la discussione volge al termine, apre la porta della sua camera e, uscendo nel corridoio, urla: "Io non sono affatto d'accordo!" anche se l'argomento non la riguarda.

Per questa ragione e per tante altre piccole corrosive divergenze, Geltrude la detesta e Francoise la sopporta a malapena. In fin dei conti è sua madre e, da quando le è morto il marito, è cambiata tanto nel fisico quanto nell'animo. È diventata aggressiva e poco incline al dialogo. Non apprezza alcunchè della vita e anche le piccole gioie offerte dalla presenza del figlio diventano oggetto di lunghissime discussioni. La sua amara constatazione è che tutti l'abbiano abbandonata e che, quando era in vita Arthur, tutti le portavano rispetto.

Purtroppo la sua situazione riflette quella di tantissime persone anziane che, rimaste sole, cadono lentamente in un baratro di sconforto. Ma la solitudine è figlia dei nostri tempi. La nostra società sempre più razionale ha tagliato via tutto ciò che è considerato una perdita di tempo e gli anziani ne sono un esempio.

Detto ciò aggiungiamo che Clotilde è ladra, bestemmiatrice, bugiarda, vendicativa e pettegola. Tutto questo potrebbe ispirare un sorriso benevolo, data la sua veneranda età. Non è così.

Clotilde è una ladra di destrezza, trafuga in continuazione di tutto e spesso la si vede gironzolare nella stazione della metro di Abesse. Taccheggia con furbizia i passeggeri e, le volte in cui si è trovata, in difficoltà ha accusato gli zingari. Con scaltrezza da esperto malvivente, vende la refurtiva al mercato delle pulci avvalendosi dell'aiuto di un paio di amiche, anch'esse pensionate. A casa, naturalmente, sia Francoise sia Geltrude ignorano la doppia vita che conduce la vecchia. La sua è una vera e propria associazione a delinquere sorta all'ombra di una vita sedentaria e caratterizzata da un senso di abbandono. Quando è all'opera ha un ghigno satanico che le si espande sull'intero viso. Indossa le vesti del perfetto delinquente e, spesso, esce armata di coltello da cucina che nasconde in una tasca segreta della sua borsetta. Diventa anche pericolosa nei comportamenti.

Pur di riuscire nel suo intento non esiterebbe a usarlo. Vedendola nei pressi della fermata della metro di Abesse potreste scambiarla per una di quelle care vecchiette che si incontrano nei giardinetti per chiacchierare sulle malefatte dei propri nipotini. Clotilde è lì per studiare le sue vittime prima che si avviino verso la scalinata. Segue lo sventurato e, avvicinandosi allo stesso, chiede con gentilezza una mano a scendere giù per le scale. Nessuno rifiuta l'aiuto a una simpatica e gentile anziana. Il gioco è fatto. Lo sventurato si ritroverà più tardi sprovvisto di biglietto e ovviamente di portafoglio.

Ecco chi è Clotilde. Una criminale.

Quella della crociera è anche un'occasione per Geltrude e Francoise di allontanarsi da lei, di trascorrere qualche giorno lontani da casa, da un lavoro pesante e ritrovare un po' d'amore che, con l'andare del tempo, si è sciolto in mille rigagnoli di quotidianità. Clotilde, che furbescamente ha ascoltato la conversazione tra figlio e la nuora, è stata costretta ad accettare la proposta dei due.

La mattina successiva, la vecchia (vestita) con un abitino nero ricamato (così come si addice a ogni donna affranta da un lutto recente) e con un atteggiamento di chi ormai da tempo è mistrattata dall'intera umanità, bussa alla porta di Baladieu.

Dopo poco una voce cavernosa e rauca risponde dall'interno dell'appartamento: "Non c'è nessuno. Questa è una voce registrata. Provate a passare in serata e, imitando il rumore di una segreteria telefonica: Bip. Bip. Bip. Sono il medico del signor Baladieu che non dà segni di vita. Penso che sia morto da almeno un mese. Bip. Bip. Bip. Se poi è urgente potete telefonare, inviare un telegramma, un corriere, un prete o, se proprio non intendete aspettare, andate al diavolo!"

"Apri delinquente facinoroso e succhiadanari della povera gente! Apri gaglioffo! Apri questa maledetta porta, sono Clotilde, la suocera di Geltrude e, purtroppo, la madre di quel rammollito di Francoise!" grida la vecchia e continua dicendo: "Se ti interessa, ho con me i quattrocentocinquanta franchi che hai guadagnato con un indegno ricatto".

"Bip. Bip. Bip. In casa non c'è nessuno questa è una voce registrata almeno un paio di anni fa. Provate a passare in serata e portate con voi cinquecento franchi, altrimenti fottetevi. Bip. Bip. Bip" ripete Baladieu con lo stesso tono di voce.

Dopo un breve silenzio, Clotilde con il suo abituale ghigno risponde: "Va bene, ho sbagliato a contare. Ecco ne sono giusti cinquecento. Cosa vuoi farci? All'età mia tutto può succedere!"

Ha capito che Baladieu è un osso duro. Si sente il rumore di una serratura che si apre, poi di un'altra, poi di un'altra ancora.

"Baladieu, hai tanto di quel danaro nascosto nei materassi che per farlo stare al sicuro hai bisogno di tre serrature? Ahahah!" esclama la vecchia sbeffeggiandolo.

La porta si apre e appare Baladieu.

Ha un pigiama rosa di almeno due taglie più piccole e porta infilate sul capo un paio di mutande di colore grigio. Ai lati escono due ciuffi ribelli di capelli e sul davanti fa capolino una grossa immagine di topolino. Sono mutandine da bambino. Clotilde resta impietrita, lo guarda e nauseata chiede: "Tu sei Baladieu. Mi avevano detto che eri un provocatore schizzofrenico. Va bene, se hai cercato di intimorirmi non ci sei riuscito. Io non vado in giro con le mutande sulla testa ma sono più dura di te" dice la donna con cipiglio. "Le porto per evitare la polvere e la caduta dei capelli. Vecchia! Prima i soldi e poi si entra e non mi fai paura" risponde secco l'uomo.

"Eccoli, i tuoi maledetti soldi! Depredare una vecchietta per sette giorni di ospitalità! Sei un infame! Ecco i cinquecento franchi ed è inutile che li conti! Sono una donna onesta io!" conclude Clotilde.

Baladieu inizia la conta del danaro che dura un bel po'. La donna, nel frattempo, sbuffa e spesso fa cadere a terra la borsa per distrarre Baladieu. Costui, con lo sguardo fisso sui franchi, conta fino all'ultimo centesimo. Quando ha finito fissa Clotilde e dice: "Entra vecchia malandrina. Volevi fregarmi eh? Ma Baladieu è schizofrenico, non pazzo!" e sogghigna aprendo la porta.

Clotilde entra con circospezione. Non conosce la casa di Baladieu, ma ha capito che è un personaggio da cui stare alla larga. Rimanere con quell'uomo per una settimana sarà davvero faticoso. Poggia la piccola borsa sul pavimento ed entra nel salotto.

"Che puzza! Accidenti a te Baladieu! Ma qui ci uccidi i cani?" chiede Clotilde e cerca qualcosa su cui sedersi. "Hai una sedia? Una poltrona? Qualcosa su cui mi posso sedere?"

"Lì c'è la sedia. Se vuoi puoi tenerla accanto al divano. Puoi poggiarci le tue cose. Il cappotto, la camicia, i guanti e anche i tuoi effetti personali, sempre che tu ne abbia" le risponde Baladieu.

"Non è un guardaroba. È solo una sedia" conclude Clotilde.

"È tutto quello che ho. Non hai alcun diritto di cambiare la mia vita. Io sto bene così. Questa sedia ha un suo vissuto. L'ho avuta in eredità da uno sceicco che conobbi a Malaga" tuona categorico Baladieu.

"Non seppe a chi dare questo rifiuto e allora si ricordò di te. La conosco bene la storia della sedia. Spilorcio! Mi tengo la sedia e la notte dormo qui su questo divano sporco e unto.

Farò riposare le mie vecchie membra su questo sacco di pulci e pidocchi. Le mie ossa scricchioleranno e la pelle subirà una notevole tensione. Ma non fa nulla. Ho accettato e ora non posso tirarmi indietro. Tutto ciò grazie a mio figlio e a quella donnaccia di mia nuora che mi hanno abbandonata nelle mani di un estraneo pergiunta pazzo" dice sottovoce la vecchia.

"È inutile che brontoli. Guarda che qui io non ti volevo. Io detesto le vecchie perché puzzano di piscio. Quindi, se ho accettato, è perché ho una maledetta necessità di danaro. Ma sappi che qui non si mangia e non si beve. Io non preparo da mangiare per nessuno. Se poi hai qualche progetto, fattelo passare. Ora finiscila di brontolare!" conclude Baladieu e si dirige verso l'altra camera.

"Dai non prendertela Baladieu. Anche io sono sola. Ti comprendo e capisco poi perché sei diventato così... Un animale!" esclama la donna.

"A me dei tuoi discorsi di pace e di amore non me ne fotte nulla. Io ho accettato perché ero al verde e stavo per suicidarmi. Come vedi non ho nulla da perdere. Questa è la sedia e attenta a non farla cadere a terra. Odio i rumori la notte".

Baladieu apre la porta della camera da letto: "Porta insopportabile! Quanto pesi! Verrà il giorno che ti ucciderò!" impreca l'uomo. Finalmente entra e richiude l'anta alle sue spalle, lasciando la donna al buio nel salotto.

"Ma guarda che stronzo! Ma guarda che stronzo, dovevano trovare quei due imbecilli ninfomani crocieristi. C'era altra gente nel palazzo e loro mi mandano da questo pazzoide che apre la porta di casa indossando un paio di mutande in testa. Potevano lasciarmi da Bovary. È cieco ma almeno ha tanta educazione. Certo, vivere con quell'ammasso di pulci del suo cane non sarebbe stato igienico, ma almeno più umano. No! Per punirmi hanno scelto il peggiore inquilino del Residence. Chissà di chi è stata l'idea? Di mio figlio, ne sono certa, imbecille! La moglie con quel suo visino d'angelo lo ha subito assecondato e, sicuramente, ha singhiozzato. Povera malandrina. Le schiaccerei quel brutto naso che si ritrova. Ormai devo abituarmi a qualsiasi cattiveria. Dalla morte del mio povero Artuhr è stato un susseguirsi di cambiamenti. Sono una donna sola e abbandonata al buio eterno, in compagnia di un pazzo scatenato. Povera me!" conclude Clotilde singhiozzando in silenzio. Tutto l'ambiente le è ostile. La stanza è buia e la donna, a malapena camminando a tentoni e cercando di non inciampare nei vari oggetti disseminati sul pavimento, riesce a trovare la piccola lampada e ad accenderla. Di fronte a sé si presenta un'immagine desolante. Tutto a soqquadro come se fossero passati i ladri.

"Dio! Dio! Ma come vive costui? Guarda che casino! Polvere e polvere dappertutto" pensa la donna.

Lentamente e senza far rumore, estrae le sue cose personali dal sacchetto del supermercato che ha portato con sé e le poggia alla rinfusa, ripromettendosi di sistemarle meglio appena troverà un guardaroba o una mensola disponibile in quel brodo primordiale. Sul mobile in tek poggiato alla parete, Clotilde intravede una piccola foto. Una di quelle foto che si fanno insieme alla famiglia quando si è piccoli e felici. Scopre che la donna ritratta è bionda e ha un aspetto curato. Dà la mano a un bambino non più grande di un acino di pepe. Clotilde inforca gli occhiali e guarda attentamente le tre figure. La foto di famiglia ritrae una scena a lei non nuova. La campagna e alle loro spalle un bellissimo paesaggio rurale.

È una classica immagine di un giorno di festa trascorso fuori casa, fuori dalla monotonia delle mura domestiche, dove tutto assume una dimensione più umana, più certa e dove ogni persona ritratta appare più bella di quanto davvero sia.

Scopre così che il bambino all'impiedi tra l'uomo e la donna è il piccolo Baladieu.

Ha il viso tristissimo e gli abitini dismessi, poveri, privi di colori che lo rendono ancora più triste. Il bambino indossa pantaloni grigi alla zuava o almeno così pare a Clotilde: "Da anni i bambini non li indossano più" pensa la vecchia.

Il ricordo della donna corre agli anni passati, quando anche lei e suo marito per rompere il tran tran di ogni giorno correvano al bosco di Bois de Boulogne per trascorrere una giornata nel verde. La vecchia ripensa al piccolo Francoise, suo figlio, che indossava gli stessi pantaloncini.

"Che bei tempi!" pensa ad alta voce Clotilde: "Come eravamo stupidamente felici. Io e Arthur portavamo spesso Francosie in campagna dai miei. Le giornate piene di sole e poi il buon vino, il buon mangiare, il buon pane. Pomeriggi interi a passeggiare lungo il torrente a rincorrersi. Allora Francoise era un buon bambino. Non mi avrebbe lasciato qui. Mi voleva un bene immenso. È tutto finito. Ora sono diventata semplicemente più vecchia e più cattiva. Più arida".

Rimette a posto la foto con molta attenzione. Non vuole che Baladieu si accorga che l'ha presa e l'ha guardata. Si volta e incontra lo sguardo di Baladieu immobile sotto l'arco della porta.

"Che guardavi vecchia balorda! Ti ho già detto che non voglio cambiare nulla della mia vita che odio, ma che non voglio

assolutamente sia diversa. Lascia perdere i miei ricordi. Sono miei e
poi potrei anche ucciderti. Sono schizofrenico. Te lo hanno detto i
tuoi parenti. Ti hanno abbandonato nelle mani di uno schizofrenico,
ma non temere per cinquecento franchi ti lascio vivere, basta che
non tocchi mai più le mie cose. È chiaro?" dice Baladieu a denti
stretti.

"Ho capito! Ho capito! Ma io non voglio cambiare nulla. Per
rimettere in ordine questo luridume ci vorrebbe una ditta
specializzata. Non saprei neanche dove iniziare. Stai tranquillo
serpente! Goditi il danaro che hai derubato. La vita è tua e tienitela
come è! Io non ne voglio neanche un boccone" gli risponde
inacidita Clotilde.

"Io scendo, vado a fare colazione" dice Baladieu.

"Ma è pomeriggio inoltrato!" commenta la vecchia ma poi,
ricordando le parole dell'uomo, aggiunge: "Almeno lasciami le
chiavi di casa".

"Sono tre franchi" risponde Baladieu.

"Va bene. Ora ti do i tuoi tre franchi e la facciamo finita" risponde
Clotilde e, aprendo la minuscola borsa che ha con sé, estrae contato
il danaro. Stende la mano per darglielo ma Baladieu aggiunge:
"Quando torno ti chiamo dal cortile e tu mi lanci le chiavi".

Clotilde tira a sé la mano e incollerita dice: "E no! Io ti do tre
franchi e tu mi consegni ora quelle chiavi che hai nelle mani.
Quando torni non chiamarmi perché potrei anche essere fuggita
via".

"Allora per te sono cinque franchi. Devo fare un duplicato"
risponde Baladieu.

"Ecco altri due franchi e sono gli ultimi che mi spilli. Sono vecchia
e ho una misera pensione che do interamente a mio figlio e a mia
nuora. Non ho intenzione di avere un terzo parassita. Mi sono

spiegata?" strepita innervosita la donna.
"Tu dai soldi a quelle due nullità?"

51

Capitolo V

Mariette Poltel batte i pugni chiusi sulla porta di Antoine Brochard. Trema, ha il fiatone, si muove nervosamente. Urla a denti stretti.

"Antoine! Antoine! La prego, apra la porta! Presto! Apra questa porta!" mentre scuta le scale del palazzo. Non riceve risposta e cerca invano il campanello. Finalmente lo trova. È ben mimetizzato sotto la cassetta della posta.

"Eccolo! Era qui! Accidenti alla fretta!" Preme il bottone con rabbia più di una volta, fino a quando si ode la voce roca di Antonie Brochard.

"Ma chi è, porca miseria? Bussare così alla porta! Chi è? Chi è?" chiede dall'interno dell'appartamento l'uomo che probabilmente riposava.

"Apra Brochard, sono la signora Poltel. Apra amico mio, per l'amor di Dio e faccia presto!'

"Ecco, apro madame! Ma che cosa è successo? Tanta furia nel bussare!" risponde Antoine.

"Nulla di grave. Nulla di grave Antoine. Ho ucciso la signora Clotilde" esclama turbata la Poltel e inizia a singhiozzare. Antoine risponde a voce alta senza ancora aprire la porta e chiede: "Ha ucciso chi?"

"Clotilde! Clotilde!" risponde a denti stretti la Poltel. "Signora non capisco. Aspetti. La vecchia Clotilde? E perché? Che cosa le ha fatto?" domanda il pover'uomo senza comprendere la gravità dell'accaduto.

"Non mi ha fatto nulla, ma non posso spiegarle, se non apre questa porta!" risponde irritata madame Poltel.

"Ah sì, ha ragione. Apro subito. Se trovassi le chiavi… Sa, le lascio sempre nei gambali prima di andare a lavorare ma, questa volta, devo averle messe da qualche altra parte. Mi dia un minuto per cercarle. Dovrebbero essere su una mensola. Sì, ricordo bene. Ho messo le chiavi su una mensola. È facile trovare quella giusta perché, ognuna di loro, ha un colore diverso. Parli, parli, comunque l'ascolto" dice Antoine con fare calmo.

"Ma cosa vuole che le dica da qui dietro? È una cosa così grave che non posso urlare ai quattro venti" risponde la Poltel.

La signora Poltel è davvero innervosita dalla sconcertante situazione. "Dovrei confessare un delitto qui, dinanzi alla porta di casa di Antoine Brochard. Che idiozia!" pensa la donna.

"Trovate! Mi dia un po' di tempo che apro. Ecco!" urla soddisfatto l'uomo dall'interno. Le chiavi di Brochard sono davvero tante.

Quelle del mattatoio, della cassaforte, del cancello di casa, quelle del portone e tante altre che messe insieme creano un peso che il povero Brochard porta con sé ogni giorno, allacciato alla cinghia dei pantaloni. L'uomo ne prova diverse, ma non riesce a trovare quella giusta. Le mani gli tremano e quell'ingombro ferroso cade spesso a terra.

"L'ha trovata? Brochard, l'ha trovata?" chiede ansiosa la donna.

"Sì, un momento! Credo che sia la rossa. No! No! Mi sbaglio, è la verde. No! Un momento signora Poltel. Mi dia ancora un minuto. Le giuro che è qui nelle mie mani!" risponde impegnato l'uomo.

"Ma quante chiavi ha? Io sono distrutta dal dolore e dal rimorso di un delitto che ho commesso e guarda qui… Sono bloccata alla porta di Brochrad, perché lui non trova le chiavi" dice con un filo di voce la donna.

Si sente il rumore secco di una serratura, la porta si apre e appare il viso sorridente di Brochard: "Buongiorno signora Poltel. Venga. Entri, si accomodi la prego. So che sono un uomo solo e non è cosa graziosa invitare una signora a entrare, ma cosa posso dirle? Lei mi ha bussato e io ho aperto. A volte, sa, capitano delle situazioni particolari che…"

A metà frase la Poltel dà una ulteriore spallata alla porta ed entra ficcandosi sotto il braccio di Brochard che la guarda perplesso.

"Che sono insolitamente difficili da gestire ma io sono un uomo d'altri tempi e a certe cose ci tengo, mia cara amica" continua Brochard.

La donna si trova così al centro del piccolo appartamento. Si guarda intorno e scopre che è davvero minuscolo, ma non trova nulla su cui si può sedere e prendere fiato.

"Dove vado ora? Mi dia una sedia. Brochard! Dio che giornata, che giornata! Ma dove mi siedo? Sto quasi per svenire!" esclama, scoprendo che non ci sono sedie. Brochard prende da dietro una tenda un seggiolone e lo porge alla donna.

"Si segga qui signora. Venga, si segga. Le dicevo che, in fondo, la mia casa è sempre aperta agli amici in difficoltà".

E, con indifferenza, le offre un seggiolone come quelli che sono davanti ai banconi dei caffè.

La Poltel lo guarda e vorrebbe sprofondare. Resta bloccata con le labbra contratte e, a denti stretti dice a Brochard: "Scusi se la interrompo ma non ha un'altra sedia? Una sedia normale. Su questa devo arrampicarmici."

Lui la guarda perplesso, è un po' dispiaciuto. Lei comprende il suo imbarazzo e aggiunge: "Lasci stare sto all'impiedi". "Signora mi perdoni, sono sedili da macello. Sa, quando tagliamo i quarti di bue. Lei conosce sicuramente i quarti di bue? Sono abbastanza grossi. Li mettiamo su un grosso banco di legno e poi…"

Ma la donna lo tronca singhiozzando: "Brochard! Io ho ucciso la signora Clotilde."

"Oh Dio mio! Ma cosa le ha fatto quella poverina?" chiede

Brochard. Si ferma, ripensa e aggiunge: "Non dico che è simpaticissima. Anzi a dire il vero è scorbutica e poco educata, ma una volta mi aiutò a far entrare la bicicletta nel portone. Pioveva e io ero davvero in difficoltà con i gambali."

"Brochard! Mi ascolti e non mi interrompa più!" grida a denti stretti la donna, dando uno sguardo in giro per scoprire se qualcuno la possa ascoltare.

Mariette Poltel è visibilmente scossa e tesa, più volte si stropiccia gli occhi e con un filo di voce dice: "Brochard! Lei mi ricorda il mio povero marito! Un uomo tutto d'un pezzo, lavoratore onesto, forse fin troppo onesto. Lei le era amico e confidente. Ha mai preso da nessuno un centesimo di franco in quarant'anni di lavoro alla dogana? Mai Brochard! Una vita di sacrifici e rettitudine. Ecco! Io sono come lui! Onesta e pulita".

Brochard fa segno di assenso con il capo e aggiunge: "Madame Poltel, nessuno mai lo ha messo in dubbio. Una coppia tutta d'un pezzo, seria e laboriosa. Siete stati l'esempio della pulizia morale, del pudore e…"

"Porca miseria! Le ho chiesto di non interrompermi e lei alla prima frase già mi interrompe?" sbraita la donna.

"Mi scusi, ma è stata lei a chiedermi se lo ricordavo?" risponde timidamente l'uomo.

"Brochard! Non lo faccia più o le assicuro che le do una bastonata sulla testa come ho fatto con la signora Clotilde" e si concede un pianto a dirotto.

"Una bastonata sulla testa? Povera signora Clotilde… Lei ha dato una bastonata sulla testa a Clotilde? Pazzesco!" esclama Brochard assumendo un atteggiamento triste.

"Ecco che cosa ho combinato. Sono tornata a casa come al solito alle dodici o alle dodici e trenta, non ricordo bene. Ero andata al mercato per alcuni acquisti urgenti. Nella fretta, però, quando sono scappata via devo aver lasciato le chiavi nella toppa della serratura. Quando sono tornata non le ho trovate più" dice la donna.

Brochard la interrompe sorridendo e aggiunge: "Le chiavi nella toppa? Ma non è un problema. A me succede spesso. Una volta mi capitò di notte, pensavo addirittura di averle smarrite. Le assicuro che non deve pensarci. Sicuramente ha un duplicato delle chiavi. E per questo che ha ucciso Clotilde? Ma cosa c'entra quella povera donna con le sue chiavi?"

"Brochard! La prossima volta che mi interrompe le mordo un dito" urla a denti stretti la Poltel e continua il suo racconto.

"Non ho più trovato la porta chiusa. Ma era socchiusa, cioè…"

Brochard non le dà il tempo di finire la frase che dice: "Classico. Il vento l'ha riaperta. Cose da nulla madame Poltel. Anche a me accade quando c'è la tramontana. Tutte le porte sbattono e il vento entra addirittura in cucina" conclude l'uomo e va a prendere una bottiglia di vino riposta sul davanzale della cucina.

"Vuole un goccio?" chiede alla donna.

"No grazie, sono astemia. Vorrei sapere perchè ho chiesto aiuto a lei e non a un passante. Sarebbe stato meglio. La porta era socchiusa. Socchiusa! Non chiusa. In mia assenza qualcuno si è introdotto nell'appartamento. Brochard, io mi accorgo di tutto. Ho capito che non era una situazione normale e uno sconosciuto è entrato in casa con chissà quali intenzioni malvagie. Il mio cuore era a mille, ero spaventata.

"No! Cosa mi dice mia povera signora? Lei ha capito subito che qualcuno si era introdotto a casa sua?" chiede Brochard sorseggiando dal bicchiere.

"Ecco quello che le dico. Erano entrati i ladri. Ero terrorizzata. Mi chiedevo se già avessero realizzato il loro turpe progetto o erano ancora dentro a rovistare nelle mie cose intime, con le loro mani sporche di delitto, con gli occhi a fissare la mia biancheria, le mie intimità più segrete. Insomma a rovistare dappertutto".

"Biancheria? E secondo lei sarebbero entrati solo per rovistare nella sua biancheria? Avrebbero approfittato di un momento di distrazione per guardare da vicino un paio di mutandine da donna?"

"Sì! Non solo biancheria, Brochard. C'era ben altro. Gioielli, arazzi, tappeti, danaro, tanto danaro".

Brochard la guarda stupito ed esclama: "E lei possiede tutte queste cose e le tiene in casa? Eh no, signora Poltel! Dovrebbe tenerle in banca. Dovrebbe mettere sotto chiave tutti gli oggetti di valore che possiede. Nessuno conserva in casa gioielli e tanto danaro. Su questo punto, mi dispiace, ma lei ha commesso un grossolano errore. Mi permetto di dirlo perchè ho un anello e devo confessarle che l'ho nascosto in una cassetta di sicurezza".

"Mi lasci continuare, dannazione Brochard! Allora, per precauzione ho imbracciato il mio ombrello, ho aperto di colpo la porta e ho guardato dentro. Nel saloncino non c'era nessuno. Ho dato uno sguardo in ogni angolo della stanza, ma niente. Nessuna anima viva, quando improvvisamente ho sentito un rumorino. Un piccolo suono fastidioso, come quello di una dentiera che batte velocemente. Senza emettere il più piccolo dei rumori e camminando in punta di piedi mi sono avvicinata alla camera da letto e che cosa vedo? Che cosa vedo Brochard? Un enorme topo sul letto. Che orrore! Ho il terrore dei topi e degli scarafaggi" risponde l'uomo.

La donna lo fissa e muovendo nervosamente le labbra dice: "Brochard! Lei è davvero stupido? Cosa vuole che mi interessi un topo? Vedo una figura umana. Un uomo in calzamaglia nera che fruga con la mano in un cassetto del guardaroba. Fruga con avidità e getta all'aria ogni cosa che non gli interessa portar via. Stringe nell'altra una borsa di plastica da cui esce parte di un mio candeliere d'argento. Brochard! Ma lei qui è solo?"

"Certo signora Poltel. Sono solo esattamente da cinquant'otto anni!"

E sorride: "Non mi sono mai sposato e nessuna donna è mai entrata a casa mia se non per fare le pulizie. Certo, c'è stata qualcuna nel passato ma cosa vuol farci? Ho sempre pensato che il mio è un destino di solitudine e di lavoro" risponde l'uomo.

"Va bene! Va bene! Va beneeeeeee Brochard! Le credo!"

La Poltel lo interrompe bruscamente e continua: "Ora mi ascolti e non parli più per l'amor di Dio. Non dica una sola parola. Non mi interrompa! Sono davvero nei guai!" esclama decisa la donna e continua la sua narrazione: "Il ladro era voltato di spalle e io mi sono fermata terrorizzata. Non sapevo che fare. Non sapevo che dire. Avevo paura. Pensai immediatamente che fosse armato e che avrebbe potuto uccidermi una volta scoperto. Ero completamente in sua balia, poi ebbi l'idea fatale. Afferrai il mio ombrello, lo sollevai il più possibile e poi lo abbassai velocemente dandogli una poderosa botta sulla testa. L'uomo vestito di nero crollò esanime e io allora mi avvicinai tremante all'interruttore e accesi la luce" la donna iniziò a piangere.

"È terribile quello che le è accaduto ma ora non abbia paura. La smetta di piangere. Tutto si mette a posto. Si può sempre trovare una soluzione. Ha bussato alla mia porta per chiedermi aiuto? Sono tanti anni che ci conosciamo e io non la lascerò da sola. Devo a lei e a suo marito - che per me è stato come un fratello, che dico, un amico, che dico, un padre - se nella vita mi è andata bene e io le darò una mano. Ora si calmi, per l'amor di Dio!" dice Brochard per confortare la donna. L'uomo comprende che la Poltel ha bisogno di lui, ma non riesce a capire come possa aiutarla.

"Brochard!..." esclama la Poltel piangendo "quando il corpo nero è caduto, è andato a sbattere contro lo spigolo del mio letto. Ecco allora la mia tragedia. Ho ucciso con un'ombrellata un essere umano".

"Dunque madame, mi dica ogni cosa. Perché di lì a poco ha assassinato anche la povera Clotilde?" chiede l'uomo.

"Dopo che cosa Brochard?" la signora Poltel non comprende la domanda dell'uomo.

"Le domando se, dopo aver eliminato il ladro, lei è anadata da Clotilde e l'ha uccisa" chiede Brochard.

"Brochard ma cosa ha capito? La figura nera, che io credevo fosse di un uomo in calzamaglia, non era altro che Clotilde. Stava portando via la mia roba. Era la povera Clotilde la ladra. Io le ho dato un'ombrellata in testa. È chiaro Brochard?" conclude la Poltel.

"Dio mio, ora comprendo tutto. Lei allora è proprio nei guai. Povera signora Poltel!" esclama l'uomo.

"Quella donna era a casa mia e stava portando via tutti i miei oggetti di valore. Stava rovistando nei miei cassetti in cerca di cose da rubare".

"Si, ha ragione, a pensarci bene è andata proprio così ma io come posso aiutarla?" chiede Brochard.

"Non lo so. Non lo so. Lei è il solo essere umano di cui mi possa fidare. Sono venuta qui perchè è un uomo serio e poi ho sempre visto in lei un carattere deciso. È una persona di famiglia da tanti anni. Insomma! Lei Brochard sicuramente troverà la soluzione. Che ne pensa? E se volessimo farla a pezzi e gettarla via nella spazzatura?" propone la Poltel.

"Signora! Io faccio a pezzi gli animali al macello, difficilmente riuscirei a sezionare la poveretta. A casa non ho gli attrezzi giusti. Ho tutto al mattatoio. Mi faccia pensare... Qui ci vuole una buona idea e io ne sono a corto" risponde l'uomo.

"Ma il corpo senza vita di Clotilde è ancora a casa mia nella mia camera da letto, lì a terra accanto al mio letto, fra le mie intimità. Io cerco un aiuto da lei. Cerco un'idea e lei sa che io sarò muta come una tomba".

"Va bene signora. Voglio aiutarla. Cercheremo di disfarci del corpo" Brochard si ferma e inizia silenzioso a pensare.

Afferra la bottiglia di vino, si versa un altro bicchiere sotto lo sguardo attonito della donna, lo beve tutto d'un fiato e poi sentenzia: "Lei deve convincersi che non l'ha uccisa! Deve stabilire con se stessa un rapporto di convivenza tra la verità e la menzogna. Deve imporre alla sua mente che a uccidere Clotilde sia stata un'altra persona".

"Brochard, cosa dice? È impossibile. Per tutto il resto della mia vita io porterò dentro di me questa tragedia che per lei sembra una cosetta da nulla. Mi dice che devo convicermi di non averla uccisa. Avrò sempre negli occhi l'immagine di quel fantoccio nero che fruga nella mia camera da letto".

"Ecco, brava. Pensi a un fantoccio!" esclama Brochard: "Signora! Lei ha colpito un fantoccio. Se riesce a convincersi di questo, il gioco è fatto. Ora riportiamo Clotilde da dove è venuta. Cioè a casa di Baladieu. Se non sbaglio viveva con quell'uomo e, quindi, in fin dei conti, è sua ospite ed è un suo problema. Cerchiamo di lasciare le cose come stanno". Clotilde torna nell'appartamento di quel depravato.

"Cosa significa? Brochard, mi faccia capire meglio" chiede la Poltel.

"Signora. Io sono un uomo che ha vissuto tanti anni e ha avuto tante esperienze. Ne ho visti casi come questi, specialmente quando ci toccava far fuori un tedesco. Lei sa qual è la prima cosa che fa un

60

criminale?" chiede Brochard alla donna.

"No! Non lo so! Non sono una criminale" risponde irritata la Poltel.

"Questo è anche vero. Ora però è sulla buona strada per diventarlo e allora le spiego come ci si comporta. Un criminale si sbarazza del corpo della vittima e poi si dichiara innocente. Lei deve seguire la stessa regola. Se questa storia dovesse essere scoperta lei si dichiari innocente. Dica che era fuori casa quando è avvenuto il delitto, dica che non immaginava fosse Clotilde, dica una menzogna. Le crederanno di certo e mi raccomando.   Scarichi tutta la responsabilità su quell'individuo viscido che io detesto e che ha il nome di Baladieu. Non deve mai dire la verità. Non interessa a nessuno e, cosa ancora più importante, dimentichi la mia presenza in questa faccenda, tanto negherei come lei".

"Che splendida idea! Mi lasci però riflettere, un momento, su come fare. Accidenti, non pensavo che Baladieu fosse tanto odiato nel condominio!" pensa ad alta voce la Poltel.

Brochard continua: "Cosa intende fare? Se arrivano Francoise e Geltrude e trovano la povera vecchia a casa sua, a terra insanguinata, con il cranio sfondato, si chiederanno perché è lì e per giunta non più in vita! Credo che si domanderanno pure chi l'abbia uccisa!"

"No! Noooooo! Per l'amor di Dio. Non saprei che dire. Non avrei alcuna giustificazione" risponde la Poltel terrorizzata e Brochard la incalza: "E allora? Vede quanto è necessario il mio consiglio? Sbarazzarsi del corpo e dare la colpa al verme".

"Allora facciamo come dice lei. Portiamo Clotilde a casa di Baladieu" conclude la donna.

"Spero che in carcere impari a essere educato e a non ridere degli altri onesti uomini come me. Spesso ha la faccia tosta di chiedermi dove nascondo la carne che vendo di contrabbando e poi mi sorride come un ebete, mi deride e continua a ridere" dice Brochrad con un ghigno cattivo.

"Va bene Antoine, ho capito. Lei detesta Baladieu!" esclama la Poltel.

"Lo detesto? Lo ucciderei con le mie mani".

Capitolo VI

Mariette Poltel e Antonine Brochard ormai complici di un delitto, escono con aria circospetta dall'appartamento dell'uomo ed entrano a casa della Poltel.

Chiudono l'uscio alle loro spalle e accendono le luci.

"Signora, mi dica dov'è il corpo morto della povera Clotilde?" chiede Brochard.

"Venga! Venga Brochard, mi segua! È di là nella camera da letto. Stia attento al tappeto, è orientale!" gli risponde la donna. I due, in punta di piedi, entrano nella camera da letto, la trovano in subbuglio, in un angolo rinvengono il cadavere di Clotilde.

L'anziana è riversa sul pavimento accanto al letto, il viso è in parte nascosto da una calzamaglia nera e nella mano stringe un orrendo borsone nero da palestra, da cui esce fuori parte di un candelabro d'argento.

"Vede Brochard!? Quando le ho svelato come è andata, non le ho mentito. Il corpo di Clotilde è qui e il candelabro accanto a lei nella borsa è ancora lì" dice con soddisfazione la Poltel parlando a voce bassa. "Bene, bene, è davvero morta. Anche perchè non dà segni di vita e qui accanto a lei c'è una dentiera". Brochard la raccoglie e chiede alla donna: "È ua signora questa dentiera?"

"Ma che dice Brochard? Io non posseggo dentiere?" risponde stizzita la donna.

"Questa ha provocato il rumore metallico che ha udito. Probabilmente la vecchia ha battuto i denti prima che lei la colpisse, con tanta forza che gli è volata via la protesi. Comunque, dov'è il corpo del reato? L'ombrello insomma. Proprio una brutta storia. Oggi sei lì, domani disteso a terra accanto a un letto che non è tuo, con un candelabro d'argento fra le mani. Per giunta morto stecchito e soprattutto senza dentiera". Brochard parla e riflette: "Questa donna aveva tutto. L'affetto di un figlio, una casa, un piatto di minestra caldo ogni giorno. Non le mancava niente, eppure trovò il tempo per svaligiare un appartamento. Non lo avrei mai immaginato. Una vecchietta da bene che corre rischi simili, una vecchietta che se la lasci fare ti manda in rovina in pochi minuti" esclama Brochard.

"Ecco l'ombrello. Non volevo che le cose andassero così, glielo giuro Brochard. Ho preso l'ombrello solo per minacciare il malfattore, non intendevo usarlo per uccidere qualcuno, ma sono una donna sfortunata. Sono sicura che se avessi preso uno stuzzicadenti, sarebbe stata la stessa cosa. Anche i miei figli mi hanno abbandonata, non vengono mai a trovarmi. Come se mi fossi comportata male con loro. A stento passano qualche volta a salutarmi. Immagini se sapessero che ho commesso un delitto, rischierei di non vederli più." confida a Brochard piangendo e nel mentre gli porge l'ombrello.

"Signora non faccia così. Purtroppo quando si diventa anziani la gente ti dimentica. Diventi un grosso problema. Le nostre storie sono tutte uguali. Anche i miei figli si sono comportati male" dice amareggiato Brochard, tendando di insaporire il boccone amaro della Poltel. Nel frattempo rigira il corpo di Clotilde.

"Brochard! Mi ha detto che non ha mai sposato nessuna. Mi ha mentito allora?" chiede irritata la donna. "Le ho detto che non ho mai sposato nessuno, ed è la verità. È anche vero, però, che ho dei figli" risponde sorridendo l'uomo.

"Quanti ne ha, Brochard?" continua incuriosita la Poltel.

"Uno" risponde luomo e conclude: "Uno o centomila è lo stesso. Sono solo problemi".

Mentre la donna rimette al loro posto gli oggetti che Clotilde ha tentato di sottrarle, Brochard è riverso sul cadavere.

Senza farci caso la signora Poltel, nel poggiare l'ombrello sul letto, colpisce con la punta dell'oggetto il di dietro di Brochard.

"Haaaaaaa!" Brochard lancia un grido di terrore.

"Ah! Aiuto! Aiuto!" Anche la donna, osservando lo spavento di Brochard inizia a strillare terrorizzata.

Entrambi strattonandosi l'uno con l'altro a gomitate tentano di nascondersi sotto il letto, gettando all'aria il corpo di Clotilde.

"Il cadavere mi ha picchiato sul culo. Mi ha colpito. Una mano gialla, fredda, gelida, mostruosa. È ancora viva!" esclama l'uomo. "Ho sentito una forte puntura, come se avesse voluto darmi un avvertimento. Proprio dietro di me".

Fissa la Poltel ed esclama: "Signora lei perché ha urlato?" cacciando fuori timidamente la testa.

"Ho sentito lei che urlava come un forsennato e mi sono spaventata. Ho capito che le era capitato qualcosa di terribile e allora ho urlato anche io" risponde impaurita, facendo capolino con la testa fuori del letto. "Ma il cadavere, però, ha mollato un colpo a me. A me signora, non a lei. Vuol dire che mi ha riconosciuto anche dopo morta? Vuol dire, allora, che anche dopo essere stati uccisi noi ragioniamo, pensiamo, agiamo? Possiamo anche incolpare qualcuno di un delitto o Clotilde ha pensato che forse posso dare una mano a trovare il suo assassino? Povera donna, povera donna. Ha ufficialmente incaricato me di scoprire la verità pungolandomi il culo. Signora Poltel, non posso più aiutarla, mi dispiace. Mi hanno affidato un alto incarico dall'aldilà!" urla l'uomo.

Osserva poi, fisso, il corpo dell'anziana e continua singhiozzando: "Io non volevo signora Clotilde. Mi creda. Lei è stata sempre così gentile con me, non mi ha mai deriso e quando mi incontrava per le scale, mi sorrideva. Ora le dico tutta la verità.

È stata questa donna a convincermi di darle una mano. Io stavo a
casa mia e lei è venuta da me. Lei era già morta. Cosa potevo fare?"
La Poltel si fa vicina all'orecchio di Clotilde e a bassa voce dice:
"Non è vero! È un bugiardo. Non le creda. Non sono un'assassina.
Ha accettato subito di aiutarmi a far sparire il suo cadavere e vuole
addossare la colpa a Baladieu. Anche lui un potenziale assassino,
ma le giuro che è stata una maledetta fatalità. Poi, io, non ho
convinto nessuno. Lei sa che è stata una banale disgrazia. Poteva
capitare a chiunque. Mia cara Clotilde. Vecchia malandrina. Cosa ci
faceva a casa mia a rubare il candelabro e tutte le altre cose che ho
trovato nella borsa? Se avessi saputo che era lei, mi scusi, ma non
l'avrei colpita con l'ombrello. È la verità, lo giuro qui dinanzi al
suo cadavere!"
"È vero signora Clotilde. La signora Poltel è una brava donna. Una
donna onestissima, non le avrebbe mai dato l'ombrello sulla testa se
non fosse stato necessario e se avesse saputo che era lei" aggiunge
Brochard ancora terrorizzato.
La Poltel come destandosi da un brutto sogno chiede: "Brochard,
comprendo che in momenti come questi si perde un po' il lume
della ragione. Diciamo si riescono a dire tante stronzate in breve
tempo. Mi levi una curiosità. Lei sta parlando con il morto?"
Brochard tentando di uscire da quella imbarazzante posizione.
"Sì! Mi ha malmenato sul culo!" esclama l'uomo.
"Ma lasci perdere, Brochard, è stata la punta dell'ombrello. L'ho
toccata io con la punta dell'ombrello, senza accorgermene e lei
vigliaccamente ha iniziato a urlare come una donnicciuola. Senza
batter ciglio ha dato tutta la colpa a me. Si vergogni! Bell'amichetto
di merende!"
E poi, con tono minaccioso: "Non lo faccia mai più! Non dia mai la
colpa di tutto questo a me. Siamo complici di un delitto.

Comprendo che l'assassinio della povera Clotilde è stato commesso da me. Ma lei, mio caro Brochard, ha accettato di aiutarmi, senza alcuna minaccia, anzi, a pensarci bene con molto gusto personale nel voler dare la colpa a Baladieu".

Brochard la fissa negli occhi ed esclama: "Io non ho accusato nessuno. Tentavo di spiegare alla signora Clotilde come erano andare le cose. Una spiegazione e basta".

La Poltel lo incalza: "Solo una spiegazione? Lei voleva spiegare al cadavere come erano andate le cose? Come se Clotilde non lo sapesse? Non dica idiozie, altrimenti parlo, capisce?! Io parlo con tutti, con i quotidiani, con la polizia, con la Guardia nazionale, con i giudici e per lei è finita. Clotilde con c'entra nulla! La povera donna ha messo una pietra tombale sulla sua vita, anche se in verità l'ho messa io. Ora non resta altro da fare che portarla da Baladieu prima che ritorni!"

"Giusto signora Poltel, belle parole le sue. Mi sorge un grave dubbio. Come faremo a entrare a casa di Baladieu senza le chiavi?" chiede Brochard, corrugando le sopracciglia.

"Aspetti, le cerco nelle tasche di Clotilde, sicuramente le avrà portate con sé".

La donna infila la mano nella tasca della vecchia e ne estrae un mazzo di chiavi. Le guarda con attenzione sperando che ci siano quelle dell'appartamento di Baladieu.

"Ma guardi qui! Brochard, quante chiavi! Questa stronza aveva le chiavi di tutti gli appartamenti del palazzo ed anche di più. Maledetta ladra!" sentenzia.

"Faccia vedere! Faccia vedere anche a me!" L'uomo prende il mazzo di chiavi: "Ma questa sono quelle di casa mia. Aveva le chiavi di casa mia? Già mi ha derubato? Possedevo molte più cose e non mi sono accorto che sono sparite? Sono stato ripulito a mia insaputa e neanche l'ho notato? Che vecchiaccia odiosa! È perchè lavoro di notte e di giorno dimentico tutto". E rivolgendosi alla Poltel: "Cara signora i quarti di bue sono la mia rovina. Fanno un tale rumore quando si mette in funzione la sega elettrica!"

"Bochard la smetta con i quarti di bue, con le mezze pecore e con i piedi dei maiali!" Lo interrompe la donna.

"Sì, ha ragione. Mai portarsi il lavoro a casa o evidentemente pensava di farlo quando ero fuori. Che vecchia straordinaria Clotilde, non risparmiava nessuno!" esclama Brochard guardando il corpo della donna.

"Ecco qui, aspetti un momento. Ora leggo. È scritto Interno 6 Baladieu. Abbiamo le chiavi. Andiamo presto prima che Baladieu torni a casa!" esclama la Poltel.

"Ma perché è fuori?" chiede Brochard.

"Non lo so!" risponde la Poltel.

"Allora qui ci vuole un pizzico di intelligenza…" Brochard tenta di dissimulare una riflessione e poi esclama: "Ho trovato la soluzione!"

"Mi dica Brochard, non mi faccia stare sulle spine!" chiede la donna.

"Andiamo a bussare per finta alla porta di Baladieu" conclude Brochard mentre la Poltel lo guarda sconfortata. I due in silenzio, con fare ancora più sospetto, si dirigono all'appartamento di Baladieu. Bussano un paio di volte ma non ricevono alcuna risposta. Camminando goffamente, uno dietro l'altra, per fare quanto meno rumore possibile, rientrano nell'appartamento della donna, si dirigono verso il corpo di Clotilde e iniziano ad armeggiare.

"Accidenti! Accidenti! Signora! La prenda bene e lasci stare la calzamaglia. Un momento, la gamba è incastrata nel letto e anche le mani". E sentenzia dubbioso: "Il mobilio, è un grande impedimento nel trasporto dei cadaveri. Anche al macello abbiamo gli stessi problemi. Se entra un maiale, non entra un bue".

"Brochard! La smetta di dire cavolate con questi buoi e maiali del macello e metta giù le sue mani dal mio culo! Attento che le sta strappando il vestito. E non tiri così che mi fa male!" risponde la donna innervosita per la confusione.

"Oh, mi scusi. Mi sono confuso. Non mi permetterei mai di palpeggiare le gambe di una donna morta. Allora la coscia della signora Clotilde è questa?" chiede confuso l'uomo.

"Sì, Brochard è questa e non quest'altra. E la faccia finita. La metta bene posizionata in alto altrimenti non passa attraverso la porta. In alto Brochard! Ora la metta in basso. Ecco così va bene" replica la Poltel.

"Dio come pesa questa vecchia. Mai visto una vecchia che pesi tanto!" esclama affaticato Brochard.

"Ascolti c'è il borsone e nella borsa il candelabro e tanta altra roba. È la refurtiva che pesa" spiega la Poltel.

"Giusto signora Poltel! La borsa! La recupero subito e la poggio sul letto".

"Certo! Devo riprendere il maltolto, mio caro!" esclama adirata la donna.

La mano di Clotilde è appiccicata alla borsa con una stretta tanto energica da rendere vani i tentativi di Brochard di tirargliela via. L'uomo non sa come fare. Riesce a malapena a scorgere alcuni oggetti che appartengono alla Poltel ed esclama: "Mia cara amica a estreme situazioni estremi rimedi! Così dicevano i miei quando dovevano risolvere un problema serio". Sorride e, digrignando i denti, inizia a mordere con impensabile ferocia la mano del cadavere.

"Brochard! Lei mi spaventa! Ma cosa sta facendo? Perchè sta

mordendo la mano di Clotilde? Cosa le ha fatto?" chiede la Poltel inorridita.

"Lei pensa che segandole una mano sia meglio?" chiede l'uomo.

"No Brochard! Lasci perdere. Non seghiamo un bel niente. L'aiuto io basta, basta che la smetta di comportarsi come un animale assetato di sangue".

La donna si allontana, va in cucina, apre un cassetto e prende qualcosa. Brochard la segue con lo sguardo. Torna con un martello di legno fra le mani. Si genuflette in prossimità del corpo ed energicamente inizia a colpire con brutalità la mano che stringe il borsone.

Come d'incanto le dita si aprono a ventaglio e lasciano libera la preda.

"Ecco!" esclama la Poltel aprendo la cerniera lampo. "Il candelabro e poi? Guardi!"

E rivolgendosi a Brochard dice: "Ci sono una collana, due collane, un bracciale d'oro." Con nervosismo elenca gli oggetti che estrae dalla borsa: "Maledetta ladra! Che troia! Che vecchia vipera!"

Esasperata riprende da terra il martello e colpisce più volte la mano di Clotilde. "Tieni, diavolo infernale! Tieni!" esclama a denti stretti.

Infine, stremata, lo lascia cadere e guardando Brochard che a sua volta la fissa sconcertato esclama: "Amico mio, ha visto che donna mi è capitata di uccidere? Mi stava ripulendo la casa. Vatti a fidare delle vecchiette. Sembrano piccoli angeli scesi dal paradiso e sono iene. Chi pensava mai di avere Arsenio Lupin come vicino?" conclude.

"Guardi questa, signora Poltel!"

Brochard ha una scarpa fra le mani con un tacco altissimo: "Una scarpa con un tacco da capogiro che sono certo non è sua".

"Perché non può essere mia? Invece è proprio mia, caro Brochard.

Un completo elegantissimo che ho acquistato per la prima di Bros and Bros" risponde inviperita la donna.

"Lei va anche a teatro? Chiede attonito Antoine.

"Sì! Vado a teatro, al cinema, ai caffè notturni, a ballare e nei campeggi nudisti. Va bene?" risponde stizzita la Poltel.

Mentre parlano fra di loro, riescono a rimuovere il corpo di Clotilde dai piedi del letto. Lo distendono sul materasso e poi si guardano.

"Ora ci tocca fare l'ultima fatica" dice la donna. "Clotilde deve tornare a casa di Baladieu" risponde Brochard e aggiunge: "Lei la prende per i piedi e io per le braccia e lentamente la facciamo uscire dalla porta. Ha capito o vuole che glielo ripeta? Io per le braccia e lei per i piedi, chiaro?"

"Io per le braccia e lei per i piedi. Va bene, ho afferrato!" chiede la donna.

"No! No! Al contrario. Lei per i piedi e io per le braccia. Al mio tre" dice Brochard: "Allora pronti?"

"Pronti!" risponde la donna.

"Uno, due, vai!" ordina Brochard.

La Poltel resta immobile e l'uomo tira da solo Clotilde per le braccia e la fa cadere a terra di botto.

"Ma perchè non l'ha presa?" chiede Brochard.

"Ma lei non ha detto tre! Si è fermato a due!" risponde la donna.

"Di nuovo allora? Riproviamo. La sollevi e andiamo fuori da questa stanza che sto sudando come una pecora" dice Brochard.

I due sollevano il cadavere, si spostano nel breve corridoio fino al salotto, facendo attenzione a non andare a sbattere contro le suppellettili e calpestando con cura il tappeto orientale, arrivano alla porta.

"C'è nessuno? Se ne accerti!" dispone l'uomo rivolgendosi alla Poltel.

La donna mette fuori la testa dall'uscio e ispeziona il pianerottolo.

"Nessuno!" risponde.

"La poggi a terra!" ordina alla donna.

"Perché?" chiede la Poltel.

"Non ho le chiavi" risponde Brochard.

"Le ho io" dice la donna e lascia cadere pesantemente sul pianerottolo il corpo di Clotilde che inizia a rotolare fino al limite della scalinata. I due guardano la scena e restano immobili.

"La prenda, la prenda! Zitta, zitta! Accidenti, perché l'ha lasciata andare?" chiede stizzoso Brochard e si lancia sul cadavere per evitare che caschi per la scale. Lo afferra per i piedi rimanendo a sua volta disteso sul pavimento.

"Mi ha detto di prendere le chiavi. Non ho tre mani" risponde la Poltel.

La donna spalanca la porta dell'appartamento di Baladieu e i due entrano trascinando il corpo.

"Dio, che orrenda puzza!" esclama Brochard.

"Ma qui ci sono altri cadaveri nascosti? Che cattivo odore!" aggiunge la donna.

"Lasci perdere signora, cerchiamo di sistemare Clotilde da qualche parte e andiamo via. Potrebbe tornare Baladieu e saremmo davvero nei guai!"

Brochard e la Poltel portano Clotilde in giro per il salone, poggiata sulle spalle mentre decidono dove poggiarla. Finalmente concludono che è meglio lasciarla sul divano al centro della stanza. Con uno sforzo inumano la sollevano afferrandola per le braccia e riescono a farla sedere.

Il corpo della vecchia, pigramente, scivola su se stesso: "La mantenga Brochard! Io cerco un cuscino, altrimenti questa ce la ritroviamo distesa sul pavimento!" esclama la donna mentre, con le braccia tese in avanti, cerca nel buio qualcosa di utile. Dallo scaffale di un mobile afferra un grosso libro.

"Qui non ci sono cuscini, ma altri oggetti che potrebbero fare al caso nostro. Ho qui un grosso libro" dice la Polthel. "Lo prenda e lo porti qui. Faccia presto, Clotilde pesa troppo!" esclama Brochard tentando di comprimere il corpo sul divano.

"Va bene! Vada per il grosso libro. Penso sia un dizionario. Prendo il dizionario allora?" chiede la donna.

"Prenda il dizionario. Va bene, va bene. Lo porti qui, presto!" risponde l'uomo.

La Poltel ficca il poderoso volume alle spalle del cadavere.

"Ora il corpo non si muove più!" esclama Brochard. "È inclinato in avanti, ma Bladieu non se ne accorgerà. Ne sono certo, è troppo stupido" conclude.

Per rendere la scena più credibile le poggiano sul naso un paio di occhiali da sole trovati su un tavolino e le mettono tra le mani due ferri da lana. Mentre compiono questo ultimo ritocco, odono uno scricchiolio provenire dalle scale. Un cigolio che conoscono bene.

Sono le cerniere del portone che emettono quel fastidioso rumore.

Madama Selma non le ha mai riparate nonostante le proteste di tutti gli affittuari.

"Andiamo via, signora! Scappiamo, sta arrivando qualcuno!" esclama allarmato Brochard. I due vanno via dimenticando di spegnere la luce nel salotto.   Chiudono la porta e furtivamente rientrano nell'appartamento della donna sotto lo sguardo vigile di Clotilde che li fissa da lontano. Ha il corpo proteso in avanti come se stesse emettendo una poderosa scoreggia.

Capitolo VII

Con passo lento, affaticato, Baladieu torna a casa. Ha lo sguardo fisso e l'aspetto trasandato. Arriva finalmente davanti la porta di casa e si ferma. Depone a terra un paio di buste dell'emporio e tira fuori dalla tasca della giacca le chiavi.

"Cosa sta facendo, Brochard?" chiede la donna che ha un occhio incollato allo spioncino. Sono addossati l'una all'altro dietro la porta di casa della donna.

"Ecco, ecco, le ha prese! Signora ha preso le chiavi ed ora apre la porta. Speriamo faccia presto. Non so quanto tempo posso resistere in questa posizione. Purtroppo il mio fisico non mi permette di muovermi come un giovanotto. Pensi che a vent'anni sollevavo da solo un quarto di bue e Dio mi è testimone, riuscivo a issare un intero maiale. Altri tempi mia cara amica!" commenta Brochard.

"Brochard! La finisca di parlare di questi quarti e quinti di bue! Ora ha un compito di grande responsabilità e mi avvisi quando entra in casa e lasci stare il mio culo, porca miseria!" esclama infastidita la donna.

Baladieu spalanca la porta ed entra nell'appartamento.

"Entrato! Evviva è entrato! Signora Poltel, ora non dobbiamo fare altro che aspettare un'oretta e poi andremo a fare visita al nostro caro Baladieu. Voglio vedere come se la cava con il morto in casa. A noi non può certo mentire. Sappiamo bene che Clotilde è morta".

L'uomo ha un attimo di esitazione e, rivolgendosi alla Poltel, chiede: "Signora ma siamo davvero sicuri che Clotilde sia morta? Non vorrei fare una figuraccia".

"Ma di quale figuraccia parla Brochard? Ha visto anche lei che le ho sfondato il cranio con l'ombrello. Non penserà che con la testa ridotta in quel modo vada in giro a dire cosa le è capitato? Andiamo invece a trovare Baladieu. L'assassino delle vecchiette. Così dovranno chiamarlo e la gente si chiederà quante ne abbia già uccise! Immagino i titoli dei giornali. Che gran ridere" sogghigna la Poltel. Brochard, udendo queste parole, si volta verso la donna e la fissa con uno sguardo duro e dice: "Signora Poltel! Non dimentichi che è stata lei a far fuori Clotilde. Non vorrei che trovandoci in difficoltà lei dica che l'ho assassinata io! Mi raccomando. Non mi deluda. Sa perchè? Qualche volta ci si scorda dei patti e si finisce in gattabuia".

"Ha ragione Brochard, ma stia tranquillo non la tradirò mai. Sono davvero annientata dal dolore. La morte di Clotilde mi ha sconvolta. Chissà se riuscirò più a distendermi da sola sul letto, a restare sotto le lenzuola da sola, a fare la doccia da sola, a mangiare da sola, a leggere un libro da sola, a passeggiare da sola" e inizia a singhiozzare.

"Signora, non si preoccupi, Brochard è qui accanto a lei e da buoni amici di merenda non la lascerà più. Le starò accanto anche la notte" risponde l'uomo.

"No! No! Si fa così per dire. Alla fine sono sicura che supererò il trauma" conclude la donna impensierita dalla frase dell'uomo.

Baladieu entra in casa, accende la luce nell'antisalone e sta per dirigersi verso la cucina, quando si accorge che Clotilde è seduta sul divano a far la lana.

Le lancia uno sguardo di disprezzo e rivolgendosi a lei dice.

"Buongiorno, Clotilde. Vedo che anche con un filo di luce che io avevo spento prima di scendere, riesci a lavorare ai ferri la tua lanetta. Mi raccomando, la lana bisogna lavorarla al buio altrimenti sovrapprezzo."

Va all'interruttore, lo spegne e continua: "Stai facendo un bel maglione a quel deficiente di tuo figlio? Haha! Sei imperturbabile, ecco direi che sei una vecchia stranamente imperturbabile. Assente dai problemi terreni".

Clotilde è inerte in quella posizione inclinata, ma Baladieu poco ci fa caso. L'uomo è così assente dalla vita che, se trovasse un elefante al posto del divano, non se ne accorgerebbe. Porta le due pesanti borse in cucina, le poggia sulla lavatrice e continua a parlare con Clotilde:

"Vedo che non ti sei adattata perfettamente alla mia penombra? Io credo che la luce è un optional della vita. Senza di essa è possibile vivere bene. Sono allergico alla luce del sole da quand'ero bambino. Lo notò mia madre, splendida donna, quando un giorno andammo al fiume e al ritorno io avevo gli occhi rossi come due tizzoni ardenti. Ero piccolino, amavo la campagna ma il sole era il mio vero nemico. Il mio acerrimo nemico. Cosa ne pensi Clotilde? Questa è una confessione in piena regola fatta dal pazzo Baladieu. Oppure non farci caso. Consideralo un regalo di Baladieu in occasione della tua visita a casa sua. La gente pensa di me le cose più assurde, più turpi, vedo i loro sguardi quando passeggio per strada. Ecco Baladieu, il pazzo. Chissà che cosa farà ora Baladieu? Conosco bene i loro sguardi. Mi odiano, mi detestano. Se potessero mi eliminerebbero con il veleno per i topi. Io rappresento la loro cattiva coscienza. Io sono l'uomo della verità assoluta. Io sono Baladieu, unico e ultimo Baladieu vivente sulla terra. Sono forse un essere superiore? No! Solo uno degli ultimi sopravvissuti. Il WWF dovrebbe proteggermi come specie in via di estinzione".

Caccia fuori la testa dalla cucina e guarda Clotilde. La donna è lì di fronte a lui, muta e al buio.

"Poi dicono che lo schizofrenico misogino sono io. Non dice nulla, non parla, non fa commenti. Va bene vecchia Clotilde. Sei indifferente a tutto. A te basta la soddisfazione di donare la tua misera pensioncina a quei delinquenti dei tuoi parenti. Del resto poco ti interessa. Per te esiste solo il ricordo del vecchio marito, delle stupide passeggiate sul lungosenna, dei bacini del tuo bambino che ti abbandona poi con la prima sconosciuta che trova. A te le cose stanno bene così.

Tu non parli e vuol dire che comprendi le mie frustrazioni. Tu non parli perché sai che ho ragione. Sentirsi rifiutato da tutti. Sentire il proprio animo immerso nelle atroci sofferenze, scoprendo cosa dice la gente. Ecco, oggi, invece, parleremo di te. Ora ti spiego perché non amo le vecchie. Haha" e sorride beffardo.

Caccia di nuovo la testa fuori dalla cucina, guarda sghignazzando Clotilde e inizia a sistemare la spesa.

"Scusa Clotilde. Scusa mia cara vecchietta ma la storia non riguarda te. Tu sei una vecchia diversa, tu sei una vecchia, ecco, come dire. Sei una vecchia a pagamento". Sbircia nel salone e poi di nuovo a sbottare: "E la gente del palazzo dice che io non parlo mai. Che stupidaggine. Dice: "Baladieu è un essere silenzioso. Baladieu è un misantropo. Non saluta mai. Baladieu è l'uomo più solo del mondo. Baladieu è l'uomo che possiede una sola tazzina da caffè perché non vuole nessuno fra i piedi" e continua a organizzare meticolosamente gli scaffali della cucina.

"Su Brochard, andiamo. È passato un bel po' di tempo. Non vorrei che Baladieu si organizzasse alla grande e facesse sparire il corpo mentre noi siamo dietro allo spioncino. Ora bussiamo alla porta e vediamo che succede" dice la Poltel a Brochard.

"Sì, ha ragione. Andiamo!" risponde Antoine e apre la porta.

In quel medesimo istante i due odono dei passi sulle scale. Un incedere così diverso ma ben conosciuto da tutto il condominio perché provoca uno scricchiolio del legno degli scalini.

È George il figlio di madame Selma che sale con lentezza fino a giungere al pianerottolo.

"Presto richiuda la porta! Arriva quel rompiscatole di George, chissà da chi va…" esclama la Poltel.

L'arcano è immediatamente svelato. George bussa alla porta di Baldieu.

"Che volete da questo pazzo? Sono occupatissimo. Tornate domani o dopodomani e se non avete tempo non tornate più. Attenzione a non poggiare le mani sulla porta. Una scossa elettrica di 20000 volt vi fulminerebbe all'istante.

Quindi lasciate perdere" risponde Baladieu dall'interno con una voce roca.

"Baladieu! Baladieu! Sono George e lei non è pazzo. Apra per piacere. Non mi faccia perdere tempo. Ho tante cose di cui occuparmi" risponde imperturbabile George.

"Allora eccomi. Eccomi padrone! Arrivo subito mio padrone e mi perdoni per il ritardo. Non mi rimandi per strada a dormire sui cartoni. La prego!" dall'interno Baladieu risponde nuovamente con sarcasmo ma apre la porta e incontra subito il viso da cerbero di George. Costui riscuote i pagamenti dagli inquilini, inoltra le fatture dei vari servizi e sollecita i ritardatari, minacciando i poveri sventurati di sbatterli fuori in poche ore. È come oggi si dice un factotum.

"Buongiorno signor Baladieu. Posso disturbarla? La distraggo per un momento dalle sue profonde meditazioni?" chiede con voce tonante George, quando Baladieu apre la porta.

"Certo che può disturbarmi. Mio padrone. Quale onore avervi tra noi umili affittuari, poveri servi della gleba, paria, ma che dico? Schiavi di questa società di cui lei, invece, fa parte a degno titolo. Lei può insultarmi, plagiarmi, deridermi, torturarmi e fare la cacca sullo zerbino, se le fa piacere. Altrimenti non sarebbe il mio padrone."

"Non faccia lo stupido Baladieu. Io la conosco bene e a me nulla sfugge. Lei ha un arretrato di due mesi nel pagamento del gas!"

"Si accomodi signor George. Può anche varcare la mia soglia" dice con sarcasmo Baladieu, invitandolo a entrare in casa. George entra nell'antisalone e resta immobile a poca distanza dalla porta di entrata. Scopre che seduta sul divano c'é la signora Clotilde.

"Buongiorno signora Clotilde. Che piacere vederla sempre così pimpante e sorridente. I suoi familiari non sono ancora tornati? Ho saputo la notizia della loro improvvisa partenza" chiede alla donna con grazia e, vedendo che la vecchia non gli risponde, continua: "Buongiorno signora Clotilde, come sta? Ho saputo dell'amico di famiglia che sta morendo e mi dispiace. Perdere un amico è come perdere un congiunto! Anche a me purtroppo è capitata una disgrazia simile. Qualche anno fa un mio fraterno amico è stato colto da morte improvvisa e le confesso che ho tanto sofferto" e toglie il cappello in segno di rispetto per l'amico dei Rocher.

"Lasci perdere George. Oggi è di cattivo umore. Non risponde neanche a me. Ha un carattere strano. Tutte le vecchie sono così. D'improvviso ti tengono il broncio e poi si chiudono in un bizzarro mutismo. Classico della loro età. Non danno più notizie di sé fino a quando non hanno necessità di mangiare o pisciare e, quindi, ecco il più classico degli esempi. La vecchia silenziosa, ovvero Clotilde, che sta sul divano immobile e se ne frega del mondo intero" dice Baladieu con sarcasmo. Si avvicina a George e a bassa voce gli dice: "Spesso la vecchia Clotilde resta così per ore, immobile, in un silenzio, direi, quasi mortale. Mi avvicino e lei d'un tratto, urla da far accapponare la pelle. È un suo modo di giocare. Stia alla larga da lei e non si avvicini troppo, potrebbe ricevere quell'urlo direttamente nelle orecchie. Comunque io l'ho avvisata. Ora le prendo il danaro e faccia attenzione alla vecchia, potrebbe aggredirla!" esclama sorridendo Baladieu. George accetta il consiglio e resta immobile. Le cose che gli ha detto Baladieu, lo hanno un po' spaventato.

Baladieu torna con il danaro fra le mani.

"Ecco signor George. Questi sono i soldi per i due mesi arretrati. Ora non la trattengo più. Lei sarà sicuramente occupato con altre mille cose importanti e sono certo che non può restare di più con il pazzo Baladieu. Non glielo consiglio. Potrebbe trovarsi davvero in difficoltà se la vecchia Clotilde urlasse ora" minaccia cordialmente George.

"Comprendo e vado via subito. Grazie signor Baladieu e il prossimo mese, mi raccomando, sia preciso nei pagamenti" conclude George e, mentre sta per andare via, si volta e saluta di nuovo Clotilde che lo fissa dal divano.

"Arriverderla signora Clotilde. Stia bene e mi saluti i suoi parenti quando torneranno. Sono delle brave persone, precise nei pagamenti delle fatture, non come il signor Baladieu che si fa rincorrere per tutta Parigi" dice George accomiatandosi.

"Signor George, ricorda l'urlo di cui le ho parlato?!" Baladieu esclama sottovoce interrompendolo.

"Ha ragione, ha ragione. Lo avevo dimenticato, ora vado via immediatamente!" risponde George.

Baladieu lo accompagna alla porta appoggiandogli una mano sulla spalla.

"Addio signor George, ora vada e che il signore le dia sempre la forza di riscuotere i pagamenti arretrati del gas. Addio!" e lo saluta.

George lo fissa con disprezzo e, non ricevendo alcuna risposta da Clotilde chiede a Baladieu.

"Ma è sempre così antipatica?" chiede George.

"Purtroppo è così da quando era bambina. Me lo ha detto sua madre" risponde serio Baladieu.

"Arrivederci Baladieu! Con lei è tempo perso" conclude sconfortato George.

L'uomo esce dalla porta, alza le spalle, intasca il danaro di Baladieu e va via con il suo passo incostante.

Baladieu chiude la porta. È infuriato e va direttamente nel salone.

"Allora, dimmi, che cosa c'è che non va? Non rispondi al saluto di George. Una vecchietta adorabile come te che non risponde al saluto del signor George? Il nostro comune padrone di casa? Oggi sei insopportabile. Quando hai il broncio ti ucciderei, sì, ti ucciderei lanciandoti dal balcone. Non ti hanno insegnato un po' di educazione? Bisogna rispettare il nostro prossimo anche se lo odi, anche se lo disprezzi, anche se desidereresti pisciargli addosso. Questa è vera educazione!" urla rivolgendosi a Clotilde che è immobile e sempre più inclinata, con i suoi occhiali da sole, e due ferri sottobraccio che pare fissarlo. "Cazzo! Ma parla! Dimmi qualcosa. Sono educato con te e spesso anche troppo perchè non lo meriti. Lasci sempre oggetti di dubbia provenienza in giro e io non ti ho mai redarguito. Ho addirittura soprasseduto all'apertura di due centimetri di serranda e ho permesso che un po' di sole entrasse in casa mia. Il sole, il mio nemico pubblico numero uno e tu stai lì ammutolita senza dire nulla, nulla. Almeno rispondi al saluto di quel pover'uomo. Capisco che tu lo consideri un brutto ceffo, un essere spregevole, un tentacolo del capitalismo, un parassita milionario. Sono d'accordo con te ma è pur sempre il nostro padrone di casa. Non è per rinfacciartelo, qui in casa mia sei una vera signora. Al contrario di come vivi ogni giorno in compagnia di quei due energumeni, sfaccendati e parassiti!" esclama Baladieu andando a zonzo per il salotto.

"Hai voluto l'acqua calda e te l'ho data. Hai voluto il sale e te l'ho messo da parte. Hai voluto lavare i tuoi indumenti che puzzano come quelli di un appestato e ti ho messo a disposizione il lavatoio nuovo. Mi hai chiesto un piatto ed eccolo lì accanto a te. Come vedi mi sono fatto in quattro per te. E tu? Non mi rispondi? Non rispondi al tuo amico Baladieu. Allora sai cosa ti dico? Vai all'inferno maledetta vecchia!"

Improvvisamente uno dei ferri da lana che la vecchia stringe sotto al braccio cade a terra. Dopo poco anche l'altro le viene meno e le braccia si afflosciano anch'esse lentamente, Clotilde resta immobile sotto lo sguardo attonito di Baladieu che le si avvicina lentamente, strappa via gli occhiali da sole e scopre che la donna ha le pupille dilatate e gli occhi iniettati di sangue.

"Ahh!" urla Baladieu e poi la guarda di nuovo con più attenzione.

"Ahh!" urla ancora più forte.

"Tu non sei viva! Sei morta! Morta, morta come una vera morta. Non sei più viva. Anzi a guardarti bene dai l'idea di un albero rinsecchito. Non mi hai detto niente? Mi tieni all'oscuro di ogni particolare della tua vita! Decidi di trapassare così, in silenzio, senza neanche consultarmi. Mia cara Clotilde, anche tu mi hai tradito!" esclama con un groppo alla gola e di colpo cade a terra svenuto.

Si riprende dopo un po'. Fissa di nuovo il cadavere e le tocca il capo.

Clotilde scivola dal divano e si distende a terra con l'abito che le si arrotola sulle gambe, mettendo indecentemente in mostra le sue parti intime.

"Come è successo Clotilde? Come hai potuto farmi una cosa del genere? Anche tu hai una vita, anzi, una morte nascosta in casa mia. Sei morta senza che io potessi dire nulla. Senza che io potessi esserti utile. Almeno ti avrei sistemata meglio sul divano".

E scoppia in lacrime.

"Ma sei morta volontariamente, così per scelta personale o sei stata uccisa da qualcuno che ti odiava più di me? Che cosa dirò a tuo figlio, a tua nuora, a Gustav il cane di Bovary? A George? Signor George, Clotilde questo mese non le pagherà la fattura del gas perché è morta. E alla gente che mi chiederà di te? Io risponderò che ti conoscevo appena e ho deciso di ucciderti perché hai bevuto tutto il latte del gatto. E a Francoise? Mi dispiace ma tua madre è morta. Non so come, non so quando, non so perché. È rimasta tutto il giorno seduta sul divano con gli occhiali da sole e i ferri da lana silenziosamente morta. Forse è stata uccisa mentre era sulla spiaggia? Oppure l'hanno assassinata mentre era al parco e ha preferito tornare a casa, sedersi sul divano e morire comodamente in solitudine. Senza neanche salutarmi. Dio, sono l'uomo più sfortunato del mondo. Come farò. Dio, Dio hai creato Baladieu pazzo, ma anche tanto, tanto sfortunato."

Nel frattempo, nell'appartamento della Poltel, i due discutono in maniera accesa su cosa fare.

"Ora è giunto il momento di andare da Baladieu" dice con fermezza la Poltel.

"È ancora presto, Signora! È ancora presto. Sembra che sia premeditato e potrebbe insospettirsi" risponde Brochard.

"Ha ragione. Facciamo tutto con molta calma. Nel frattempo rimetto in ordine le cose che quella maledetta vecchia ha tentato di portar via. Lei non si allontani dallo spioncino e stia di guardia. Dobbiamo sapere tutto ciò che accade, ogni movimento sospetto, ogni rumore sospetto".

Baladieu adagiato sul divano, fissa il corpo di Clotilde continuando nello sconforto e non trova una risposta al suo dilemma.

"Che farò ora? Che farò?" si interrompe per un attimo e sembra aver trovato la soluzione: "Vorrei chiudere gli occhi per un istante e riaprirli scoprendo che è stato solo un incubo. Uno in più o uno in meno è normale per uno schizofrenico come me, vecchia incosciente! Ora cosa farò?" si chiede Baladieu.

Passa circa un'ora e Baladieu è silensiono, pensieroso, triste, cupo, ha le mani sudate tra i capelli e li attorciglia con rabbia disperatamente fino a quando pensa al suicidio come unica soluzione: "La farò finita! Questa volta la farò davvero finita. Sì! È giunto il sacro momento di non ritorno. Sono sull'orlo di una crisi mistica che mi porterà alla morte. Alla morte!" pensa e borbotta fra sé. "Sì, alla morte!"

Poi cambia repentinamente di umore. Il suo sguardo è vivace, i suoi occhi lucidi, la sua lingua umetta in continuazione le labbra. Urla a denti stretti con un filo di voce: "Ho trovato! Ho trovato, sono un genio! Ma che dire? Un grande genio! Ho un'idea. Un'idea che mi salverà dal carcere a vita. Anche se la mia è una vita inutile, noiosa e piena di contraddizioni ma non potranno mai accusarmi della morte della vecchia".

Si avvicina al corpo di Clotilde e, accarezzandole il capo, sussurra: "Non preoccuparti amica mia. Il mio cervellone ha dato luce al miracolo. Sono il solito talento creativo, il genio che scopre l'idea giusta in un mare di mediocrità, l'essere creato per dare maggiore valore all'intelligenza. Baladieu ti sistemerà definitivamente!" esclama laconico.

Come in ogni momento funesto della sua vita, entra in funzione improvvisamente la soluzione, a volte volontaria, a volte no.

Si alza prontamente dal divano e corre in camera da letto, si guarda intorno come se cercasse qualcosa in particolare.

"Ho trovato! Ora so che cosa farò! Questa sarà la soluzione di tutto.

Sono pazzo e genio, sbalorditivo, grande!" esclama eccitato dalla sua scoperta e sorride soddisfatto. Baladieu ha trovato quello che cercava. Corre verso la camera da letto e prende un grosso imballo di cartone che conteneva il suo frigorifero e che l'uomo ha conservato gelosamente dietro la porta. Con fatica riesce a rimuoverlo da una quantità di oggetti che egli aveva poggiato sopra. Porta l'imballo nel salone e lo apre a terra. "Qui dentro non riusciranno mai a trovarla e, se la trovaneranno, non riusciranno mai a capire perché Clotilde ci sta dentro e se lo scopriranno io negherò tutto. Ma proprio tutto!"

Baladieu pensa ad alta voce, quando bussano alla porta.

L'uomo, immediatamente, risponde con la solita voce grottesca.

"Non ci sono! Questo è un messaggio vocale della segreteria di Baladieu. Se proprio insistete potete contattarmi fra due anni. Sono alle Canarie a insegnare ai vecchi la balbuzia. Li istruisco anche al tiro con l'arco, ma per ora non apro".

Rimette in ordine l'imballo e lo ripone rapidamente nel medesimo posto da cui lo ha preso, naturalmente rimettendoci sopra gli stessi oggetti nello stesso ordine in cui li ha tolti.

"Apra Baladieu! Sono la signora Poltel. Le devo parlare. Le devo chiedere un parere. Lei è una persona colta e simpatica" dice la donna dall'altra parte della porta e fa l'occhietto a Brochard che le è accanto.

"Signora Poltel, lei ha sbagliato giorno, settimana, mese e anno. Non riceverò nessuno fino a ottobre del prossimo anno".

"Per l'amor di Dio, apra signor Baladieu, non mi faccia aspettare qui sul pianerottolo! Sono con Antoine Brochard e moriamo dalla voglia di parlarle con lei!" esclama la Poltel.

Baladieu incalzato dalla donna che vuole entrare in casa, solleva Clotilde con gran fatica e la trascina nella camera da letto. Prova a ficcarla sotto le coperte, quando si accorge che un rivoletto di urina corre giù lentamente lungo le gambe scoperte della donna.

"Dio! Clotilde ma questo è piscio? Ti stai pisciando addosso? Maledetto momento in cui mi sono ficcato in questo guaio. Ora come faccio? Chi mi aiuta?" il fluido abbondante sta irrorando tutto il pavimento, giungendo fino al salone come un ruscelletto di montagna che si fa strada fra i sassi levigati.

"Vecchia maleducata priva di gudizio. Hai bevuto tutta la mia acqua minerale. Lo sai che è altamente diuretica? Con chi parlo ormai!? Non puoi più ricomprarmela, è vero, una volta lessi che dopo essere morti si piscia ancora. Tu sei vecchia Clotilde. Chi ti dà tanta forza?"

Baladieu riesce comunque a sollevarla e sistemarla sul letto. Le chiude gli occhi, copre il corpo con il lenzuolo e la coperta e la lascia in posizione supina come se stesse dormendo. "Ecco! Qui non la vedrà nessuno. Domani la faccio sparire e dirò ai familiari che Clotilde, improvvisamente, è partita per un viaggio intorno al mondo. Ecco, madame Poltel, interrompo la mia meditazione quotidiana per venire da lei. Mi auguro che sia davvero una cosa importante altrimenti sarei costretto a ucciderla. Ahah! Ora vengo ad aprirvi. Sto venendo, eccomi, ancora un minutino e sono da lei" dice a voce alta Baladieu. Nel frattempo rimette in ordine la stanza e va ad aprire la porta. Di fronte a lui la signora Poltel e Brochard lo osservano sorridenti.

"Ma ha un fiatone grosso, come se avesse corso i cento metri alle olimpiadi!" esclama la donna.

"Sì, è vero! Ma stavo, stavo… Sì! Stavo facendo meditazione astrattica e atletica sul mio letto" risponde Baladieu.

"Ha scelto un luogo fuori del comune per fare ginnastica? Io penso che lei sia l'unico essere umano che faccia ginnastica a letto,

Baladieu?" chiede la donna.

"È vero! Io ho la cyclette da anni e mi trovo bene" aggiunge Brochard.

"Sì, comunque il letto è più comodo. Posso anche addormentarmi mentre faccio ginnastica" risponde Baladieu e fa accomodare gli ospiti.

"Ma dov'è la signora Clotilde, la sua momentanea ospite? Ahah..." chiede d'un tratto la Poltel. "Sì! Dov'è quella simpatica vecchina che le hanno lasciato in custodia per sette giorni, caro il nostro Baladieu?" aggiunge Brochard con ironia.

Baladieu preso da un riflesso si volta e, con la mano, indica il divano nel salotto.

"È su quel divano" risponde Baladieu indicando con il dito gli occhiali da sole anch'essi poggiati sui cuscini.

"È andata via. Ha lasciato anche gli occhiali che sono miei. Mi ha chiesto di adoperarli in casa perché c'era troppa luce".

"Questa stanza è completamente buia Baladieu! E mi dica, dove sarebbe andata di bello la nostra Clotilde?" insiste la donna.

"Non so. Mi ha detto che partiva per un giro intorno al mondo" continua Baladieu.

"Un giro intorno al mondo? Non diciamo corbellerie, Baladieu, quella vecchietta non arriverebbe all'Opéra da sola" risponde Brochard con un fare investigativo.

"Comunque non è qui. Potete cercarla se volete, dappertutto, in cucina o altrove, anche nella mia camera da letto, vi assicuro che non è qui a casa mia. In nessun posto della casa di Baladieu".

La Poltel è curiosa, guarda tutto con molto sospetto sperando di trovare immediatamente il corpo di Clotilde.

Si dirige con indifferenza verso la camera da letto ma, temendo di essere troppo invasiva, indietreggia e resta nel salone. Ispeziona in silenzio, ma con fare sospetto, tutto il mobilio. Apre e chiude più volte le ante e poi esclama delusa: "Niente di niente. Qui non c'è nulla. Così non va bene!" borbotta a denti stretti la donna.

"Signora Poltel cerca qualcosa in particolare o le interessano solo le ante della mobilia? Ne ho tante a casa. Se le fa piacere possiamo intraprendere un giro turistico iniziando da quelle dei pensili in cucina. Ce n'é una quantità enorme" dice ironicamente Baladieu.

"No, Baladieu! Le sue ante, come le chiama lei, non mi interessano affatto. Sono invece molto incuriosita dalle lagnanze degli inquilini" risponde la Poltel irritata.

"Lagnanze? Cara signora, non c'è giorno che io non riceva una lagnanza. Ho un archivio pieno suddiviso per tipologia. Sono abituato alle loro lamentele, ahah!". Baladieu ride con disinteresse.

"Tutto questo baccano, questo frastuono che proviene dalla sua abitazione ha incuriosito gli altri affittuari e, non le nascondo, anche me e Brochard!" esclama la donna.

"Poiché non avete nulla da fare tutto il giorno? Non è così Brochard che lei è un vampiro?" dice Baladieu.

"Ma come si permette sfacciato? Io lavoro al macello!" risponde irritato Brochard.

"Non lo dicevo per questo. I vampiri bevono sangue umano e non schifosissimo sangue animale. È per gli orari di notte in cui vanno in giro" prosegue Baladieu.

"Di nuovo? Non vado in giro di notte. Lavoro di giorno perché gli allevatori portano le vacche di notte" replica irritato Brochard.

"Signori, per piacere! Non è il momento di fare discussioni sulle vacche di Brochard!" interviene la Poltel.

"Io non ho le vacche! Le sopprimo e uccido pure i maiali e le pecore. Non vorrei iniziare ora con i vicini" controbatte Brochard.

"Va bene, comunque potete dire ai cosiddetti affittuari che a casa mia non esistono rumori. A meno che…" aggiunge Baladieu.

"A meno che?" sollecita la donna.

"A meno che non abbiano la coscienza sporca e i fantasmi nei loro gurdaroba di casa. Ahah! Qui tutti hanno il morto nella camera da letto! Cari amici, ora devo accompagnarvi perché sono impegnatissimo. Devo finire la mia meditazione e, per finire, ho bisogno di pace. Tanta pace" conclude Baladieu.

La Poltel, quando sente la storia dei morti nella camera da letto, ha un sussulto e fissa Brochrad come per chiedergli se Baladieu avesse capito qualcosa.

"Caro Baladieu, lei ha fretta come se avesse davvero un morto in casa!" esclama la donna.

"Chi ve lo ha detto che ho un morto in casa?" domanda intimorito Baladieu.

"Che cosa Baladieu? Che cosa dovevano dirci? Lei ha davvero un morto in casa?" chiede con enfasi la Poltel.

"Io non ho morti in casa. Solo la vecchia Clotilde mia ospite ma non è morta affatto, anzi è viva, è viva e sta bene e poi io... io non faccio baccano" risponde a tono Baladieu.

"Ne è sicuro Baladieu? Prima abbiamo sentito un tonfo" aggiunge Brochard.

"Un tonfo?" chiede terrorizzato Baladieu.

"Sì, un tonfo proveniente da casa sua. Muoveva qualche guardaroba? Cercava di far sparire qualcosa?" domanda la Poltel.

"Chi ve lo ha detto? Volevo far sparire qualcosa?" richiede Baladieu.

"Di nuovo, chi ce lo ha detto? Cosa devono dirci Baladieu? Lei cercava di far sparire qualcosa? Scusi, Brochard, ma a lei qualcuno ha detto qualcosa?" ribadisce la Poltel.

"No! Il tonfo c'è stato. Anche io l'ho sentito dalla casa della signora

Poltel", replica Brochard.

"Allora lei era a casa della signora Poltel? Che ci faceva a casa di una vedova per giunta alquanto piacente?" chiede indispettito Baladieu.

"Baladieu io non sono piacente! Sono una bella donna, se proprio ci tiene a saperlo!" esclama stizzita la Poltel.

"Io non facevo niente se non guardare dallo spioncino" risponde scioccamente Brochard.

"Brochard, cosa dice? Baladieu vuol sapere che cosa faceva a casa mia. Era venuto a vendermi della carne. Ecco cosa faceva il signor Brochard!" esclama la Poltel irritata rimproverando Brochard.

"È vero? Ho ragione! Brochard, lei rapina la carne al macello e la vende di contrabbando. Finalmente una vera confessione!" dice con enfasi Baladieu accennando a un passo di danza.

"Ma quale rapina di carne? Lei non afferra. Brochrad è venuto da me per recuperare un asciugamano che gli era caduto dal balcone. Per essere certo di averlo recuperato guardava dallo spioncino" risponde imbarazzata la donna.

"Io guardavo dallo spioncino per vedere se, in quel momento, saliva qualcuno, imbecille!" continua Brochard rivolgendosi a Baladieu.

"Brochard! Lei è uno stupido! Stia zitto. Che dico? È una persona completamente stupida. Non vede che la provoca? Lasci perdere Baladieu. Ci sono delle cose poco chiare e poi di là c'è la camera da letto, esatto?" chiede nervosamente la Poltel.

"Esatto? Sì signora, di là c'è la camera da letto ed è finita la casa di Baladieu. Una casa breve. Sì, direi molto corta" risponde ironicamente Baladieu.

"Posso andarci?" chiede la donna.

"Certo signora Poltel. Anzi no! Non si muova da lì. La prego, andremo dopo insieme e le farò toccare tutte le ante del mobilio, ahaha!" rispone Baladieu.

"Va bene Baladieu, chissà quali cose segrete lei nasconde nella camera da letto!" insiste la Poltel.

"Non posseggo cose segrete ma solo biancheria personale, intima, spesso in disordine e occasionalmente sporca" prosegue Baladieu.

"Non fa niente, sono abituata al disordine" risponde la donna.

"Anche io sono abituato al disordine" aggiunge sorridendo Brochard.

"Brochard lei è un bugiardo. La sua casa è perfetta, non ha una cosa fuori posto. La conosco bene!" la donna lo redarguisce di nuovo.

"Grazie per il complimento madame Poltel. Sono un perfezionista. Sì! Direi un vero professionista dell'ordine. Anche al mattatoio i miei coltelli sono sempre puliti e distribuiti sul banco con cura" risponde compiaciuto Brochard.

"Brochard lasci stare i coltelli e il macello. Baladieu! La vecchia cara, simpatica, dolce Clotilde, lei mi stava dicendo, dov'è? Mi dica sul serio: dove è andata Clotilde? La prego sono curiosissima. Stiamo gettando parole al vento e lei non mi ha detto ancora dov'è!" pretende di sapere la Poltel.

"Ma a lei cosa interessa? Scusi, mi fa certe domande sediziose e molto personali. Non so cosa risponderle" risponde Baladieu.

"Interessa? Certo che interessa! Non è vero Brochard?" La donna fa un cenno d'intesa a Brochard.

"Sì! È vero a noi interessa molto e, allora, intende confessare?" chiede inaspettattamente Brochard.

"Cosa devo confessare? Clotilde è partita" risponde Baladieu.

"Partita!" esclamano i due.

"Partita? E per andar dove? Quella vecchiaccia, pardon vecchina, non farebbe un solo passo senza il figlio e la nuora?" dice Brochard.

"Mi scusi Baladieu, lei ci prende per i fondelli!"

"No! Voi volete la verità?" chiede d'un tratto Baladieu.

"Sì!" risponde la Poltel.

"Sì!" risponde Brochard.

"Clotilde è partita per l'Asia orientale, verso una località segreta, dove conduce esperimenti su un nuovo tipo di patata. Ahah! Va bene così? Ve la siete bevuta? Credo che conoscendovi bene ve la siete bevuta. Gentile signora Poltel, mi dica, che cosa vuole?" chiede irritato Baladieu.

"Cosa voglio?" risponde a sua volta la Poltel.

"Sì! Cosa vuole? Ha interrotto le mie meditazioni sul senso della vita. Ho da fare alcune telefonate importantissime. Devo partire urgentemente, forse in questo stesso momento e lei non sa che cosa vuole da me?" ribadisce molto irritato Baladieu.

"La verità è che sono curiosa di sbirciare nella sua camera da letto!" chiede con un pizzico di malizia la donna. Brochard camprende la difficoltà della conversazione ed esclama: "Ah! Ecco! Ecco! Mi sono ricordato che cosa voleva da lei la signora Poltel. Sta organizzando da tempo una cena di beneficenza tra amici a casa sua e dovendo fare del curry…"

"Sì certo, del curry! Non un banale curry, diciamo un curry diverso, più fluido, diciamo una nuova formula di curry" aggiunge la donna.

"Voleva sapere se bisogna mettere anche lo zenzero. Ecco ora ricordo cosa voleva madame Poltel" chiede Brochard.

"Lo zenzero? Lo zenzero?" chiede Baladieu.

"Sì! Lo zenzero. Ha qualcosa contro lo zenzero signor Baladieu?" chiede la donna.

"No! Non ho alcuna pregiudiziale contro lo zenzero. Ma voi, ma voi… Devo pensare che voi due voi siete molto, ma molto, più strani di me!" urla Baladieu irritato, indicando loro la porta di casa con un implicito invito ad andare immediatamente via.

I due sono fuori dall'appartamento di Baladieu quando la donna, rivolgendosi a Blochard, dice irritata: "Scusi Brochard, poteva trovarne un'altra! Diamine, va a parlare dello zenzero fra tante argomentazioni. Va a chiedere questa cosa così demenziale e fuori luogo. Come se Baladieu fosse un cuoco internazionale e poi quando finalmente sto per introdurmi nella camera da letto, dove sicuramente nasconde il cadavere di Clotilde, lei mette in mezzo questo argomento così, così... Stupido!"

"Non avevo altri argomenti a portata di mano. Forse avrei dovuto chiedergli un consiglio su qualche nuovo taglio di carne. Ecco, forse un nuovo taglio di carne sarebbe stato più interessante. In fondo quello che ho chiesto non è cosa grave" dice intimorito Brochard.

"No, Brochard! Non è grave, visto che in quel momento, dopo aver scoperto dove è nascosto il corpo di Clotilde ero completamente uscita di senno e non avevo nulla da chiedere a Baladieu. Mi ha tolto dall'empasse, ma... Posso dirle la verità? Lei è talmente idiota e privo della benché minima fantasia per quello che ha detto. Se fossi stata al posto di Baladieu le avrei cavato gli occhi o lo avrei gettato dal balcone. Comunque Clotilde è nella camera da letto di Baladieu. Ora dobbiamo scoprire come farà a liberarsi del corpo" spiega la Poltel a Brochard che ancora sta pensando allo zenzero.

"Va bene! Lo pedineremo, lo seguiremo e, appena scopriremo cosa ci nasconde, chiameremo la polizia". "In questo modo ci vorrà una vita per ottenere un risultato. Dobbiamo invece trovare una formula che ci permetta di stare sempre accanto a lui. Dobbiamo stabilire dei turni di guardia" conclude categorica la Poltel.

"Sì! Bene, ottima idea!" ribadisce Brochard.

"Da che giorno parte il mio?" chiede Brochard.

"Da ora! Ascolterà tutti i rumori provenienti dalla casa di Baladieu, mettendo l'orecchio sul pavimento. Nel frattempo, io starò inchiodata allo spioncino e controllerò quando apre la porta. Se ci sono novità, ci incontreremo di nascosto. Va bene Brochard? Ha capito bene?" chiede la donna.

"Sì, ho tutto chiaro. Io ascolterò i rumori e lei guarderà. Ma perché incontrarci di nascosto? Siamo vicini, uno accanto all'altro!"

"Perché non dobbiamo destare sospetti, Brochard!"

Capitolo VIII

Baladieu va a dormire come se nulla fosse accaduto. Con una poderosa gomitata sposta di qualche centimetro l'ingombrante corpo di Clotilde e si distende accanto a lei.

"Non posso più continuare questa commedia. Cosa dirò alla gente quando scoprirà che ho assassinato Clotilde? Ma io non l'ho uccisa! Il destino, il mondo, la gente comune, Andrea, l'uomo delle pulizie mi vedranno come uno spietato assassino di vecchie signore. Quando andrò dal droghiere già vedo lo sguardo dei clienti che mi chiedono: "Come si sente signor Baladieu ora che ha ucciso la signora Clotilde? Ha intenzione di uccidere altre vecchie signore? O questa è l'ultima? Signor Baladieu, ho mia suocera che è una vera rompiscatole, me la può uccidere per favore? La pagherò. Ci dica Baladieu lei è davvero pazzo? E poi, porca miseria, la vecchia già inizia a puzzare. Che fetore! Devo vaporizzare con un deodorante. Sì! Sì! Una spruzzatina e cambiamo aria".

Va in cucina, prende un flacone di deodorante spray e ritorna nella camera da letto. Vaporizza il prodotto dappertutto tanto che l'ambiente, già ammantato di polvere dei tanti oggetti ammucchiati, diviene in breve tempo saturo, impedendogli di respirare.

"Dio! Non posso respirare! Non respiro più. Forse non dovevo spruzzarne tanto! I miei peccati spesso tornano a galla e mi distruggono. Ora morirò anche io? Avvelenato da un deodorante al profumo di gelsomini!" esclama Baladieu, a cui sono venuti gli occhi rossi e una forte lacrimazione. È una notte tremenda per questo uomo. Incubi atroci si alternano a sogni ancora più terribili. Baladieu sogna di essere solo in uno spazio indefinito. L'uomo ode un rumore forte provenire alle sue spalle. Gente che corre. Gente che corre verso di lui. Ha paura. Sogna di essere inseguito da migliaia di zombi che, quando lo raggiungono, lo circondano e tentano di azzannargli le parti intime, gli strappano gli abiti e lui, con voce da soprano, chiede aiuto ma non vede in giro chi davvero possa farlo.

"Ormai sei mio. Ti voglio tutto per me. Sei l'unico che è riuscito a risvegliare i miei sensi assopiti dal tempo e dagli acciacchi" urla disperatamente uno di questi che guarda caso ha le sembianze di Clotilde. Nel sogno di Baladieu, questo ammasso di materia putrida si denuda mentre un liquido giallo invade lo spazio. È un fluido denso che ricopre ogni cosa e l'uomo ne resta invischiato senza alcun volere. Costei o costui tenta di sedurlo con un rapporto orale.

"Clotilde! Non sono stato io la tua rovina! Non dovevo accettare la proposta di quelle due nullità ma avevo necessità di danaro e ti ho ospitato. George è un'arpia. Non è uno zombi come te, perché tu sei morta ma lo diventerà presto da vivo. Lui e le sue fatture non pagate, ha finito per condizionare la mia vita. Io dipendo dal pagamento delle mie fatture e tu non c'entri nulla con loro. Comunque sappi che non ti amo e non desidero andare a letto con te. Che questo ti sia chiaro. Mi devi perdonare e, guardandoti bene, mi fai anche un po ribrezzo. Come sei ridotta!" urla nel sogno Baladieu e si dimena nel letto per non essere accalappiato da questo essere immondo. Per liberarsi dagli orrendi personaggi del suo stesso incubo colpisce indistintamente chi gli è accanto con pugni e calci. Invero assesta un poderoso colpo al cadavere che la fa cadere rovinosamente a terra, provocando un forte tonfo che si ode nell'intero edificio. Baladieu si sveglia. È madido di sudore e voltandosi non trova più accanto a sé la donna e si spaventa.

"Allora non era un sogno? Clotilde sei andata via? Sei sparita dalla mia vita? Non avrò più tue notizie? Nessuno mi chiederà dove sei e se ti ho dato da mangiare? Nessuno per strada si fermerà a guardarmi e a chiedersi come abbia fatto ad assassinare una vecchia indifesa? Tutto tornerà alla normalità?" borbotta l'uomo, senza accorgersi che la mano di Clotilde, nella caduta, gli si è cinta strettamente attorno al braccio.

"Ahh! Ahh!" grida il povero Baladieu. "Dio! Clotilde è andata via ma ha lasciato qui la sua mano. Qui accanto a me? Ha voluto ricordarmi che nulla è cambiato e che mi perseguiterà per tutta la vita?" urla ancora il pover'uomo terrorizzato.

Si sveglia. Comprende che cosa è accaduto. Il cadavere dell'anziana e lì ai piedi del letto in attesa di una sua decisione. Sono appena le sei del mattino e per Baladieu inizia una nuova terribile giornata. L'uomo scende dal letto, depone in ordine il suo vestiario da notte, infila i pantaloni e, dopo aver afferrato le braccia della donna, ne trascina il corpo nel salone.

"Dove la porto a quest'ora del mattino? Dovrei chiamare un taxi e dire all'autista che mia nonna sta male e la accompagno al Bosco di Bois de Boulogne o sul lungosenna o, meglio ancora, al giardino del Louvre. Lì c'è tanto verde. Anche a Clotilde farà piacere una passeggiata all'alba. Chissà quante volte ha desiderato farla e nessuno di quei due fannulloni l'ha mai accontentata. Solo la sensibilità di un uomo come me può comprendere certe cose. La lascio lì e vado via" pensa Baladieu.

Dopo aver scartato luoghi e città, compresa la stazione della metro della linea 14, il battello sulla Senna e l'ascensore della Torre Eiffel, decide di portare il corpo di Clotilde nel giardino condominiale.

"La troveranno domani e nessuno potrà dire che il cadavere era in casa di Baladieu" farfuglia tra sé.

"Signora Poltel! Signora Poltel!" urla Brochard restando disteso a terra con l'orecchio incollato al pavimento.

"Ho sentito un gran fracasso, molto ma molto forte. Deve essere il nostro uomo che fa il trasloco".

"Non urli per piacere Brochard! Ho la testa che mi scoppia e ho il mio occhio che ha preso la forma dello spioncino. Non c'è necessità di urlare. Bene, fino a quando Baladieu non apre la porta, noi continueremo a stargli addosso".

I due restano in attesa, immobili e silenziosi nelle loro posizioni.

D'un tratto, provocando un sinistro cigolio, si apre la porta di Baladieu. L'uomo appare di spalle e ha fra le mani i piedi di Clotilde. Con uno sforzo impietoso riesce a far uscire sul pianerottolo il corpo della donna.

"Brochard, ci siamo! È uscito con il cadavere di Clotilde. Non faccia rumore. Rimanga immobile come una statua. Non si muova perché la conosco. Lei sarebbe capace di farsi scoprire. Venga lentamente verso di me e guardi qui" dice la donna indicando con il dito lo spioncino.

"Ah! Che dolore di schiena!" esclama Brochard togliendosi dalla posizione scomoda in cui aveva trascorso la notte. "Il mio orecchio è gelido. Sembra mummificato. Speriamo di non aver preso un malanno" dice Brochard accarezzandosi il capo.

"Ma che dice Brochard? Cosa vuole che interessino le sue orecchie. Venga qui e guardi!" gli ordina la donna.

"Dio! Cosa vedono i miei occhi? Che spettacolo osceno a cui devo assistere! Baladieu sta tentando di violentare Clotilde!" esclama Brochard vedendo Baladieu chino sul cadavere.

"Ma cosa sta sblaterando? Faccia vedere, si sposti presto, si sposti! Ma non dica idiozie. Baladieu è chino per rimettere a posto gli abiti della vecchia. La vede come è ridotta? Quasi nuda, povera Clotilde. Uhh!" risponde la Poltel iniziando a singhiozzare. Baladieu ha messo in ordine gli abiti di Clotilde, solleva il corpo della donna e lo poggia al muro.

"Quanto pesi! Quanto pesi Clotilde! E poi, sei tutta bagnata!" borbotta rivolgendosi al cadavere. Cerca le chiavi nella sua tasca e, dopo averle trovate, richiude la porta di casa.

"Che le avevo detto signora Poltel? Si è incastrato da solo. Chiamiamo la polizia e facciamola finita!" esclama Brochard.

"Noi non chiamiamo nessuno! Non riesce a comprendere che dovremmo giustificare alla polizia molte cose? È meglio una telefonata anonima quando tutto è finito" risponde la donna.

"Signora! Lei è davvero una donna fantastica. Ne pensa sempre una migliore della mia. Hahaha!" dice Brochard.

"Guardi Brochrad che non è difficile!" risponde la donna.

Baladieu ripone meticolosamente le chiavi nella tasca, si volta verso il cadavere e l'abbraccia. Adagio inizia a trasportarla verso i gradini delle scale. Baladieu si muove carponi e per non provocare alcun rumore il suo corpo ondeggia come una barca in un mare tempestoso. Teme di perdere la presa. Sul pavimento la macchia provocata dai fetidi liquidi di Clotilde si è allargata a dismisura e Baladieu, spesso, scivola su di essa ma riesce a restare in equilibrio precario. Clotilde, improvvisamente, sguiscia via dalle mani dell'uomo e il suo corpo irrimediabilmente scivola giù. L'uomo la trattiene a forza. Sulle sue mani, nel tentativo di strapparla alla rovinosa caduta, appaiono reticoli di vene irrorate da sangue vermiglio. Il peso del corpo della donna lo sovrasta e, così, Clotilde rovina giù verso il piano terra provocando un grande baccano.

"Dio! L'ha lasciata cadere! Che imbecille quel Baladieu! Avrebbe dovuta avvolgerla in un lenzuolo o in un asciugamano. Uomo inutile!" esclama la Poltel fissando lo spioncino della porta di casa.

"Ora chissà contro che cosa andrà a sbattere? Spero che si fermi dinanzi alla porta dei Mansard senza batterci contro" continua la

Poltel.

Purtroppo il corpo della donna, dopo aver sfiorato la porta dei Mansard, si incurva alla ringhiera e continua la sua folle corsa verso il piano terra. Nel rovinare giù per le scale ha preso anche una discreta velocità. Baladieu resta impietrito sulla rampa delle scale. Non sa che fare. "È finita! È finita per te, povero Baladieu. Questa volta è davvero finita" pensa l'uomo vedendo Clotilde andare lontana e provocare un botto sinistro a ogni scalino, fino a quando va a sbattere violentemente sulla soglia dell'appartamento di madame Selma.

A Baladieu non rimane che attendere cosa possa ancora accadere. Si asciuga il sudore che gli ha bagnato tutto il viso e si rannicchia come un bambino che attende in silenzio la punizione dei genitori, sperando di mimetizzarsi e di non essere visto.

La porta di casa di Madame Selma si apre ed esce fuori solo il viso della vecchia maitresse. La sua chioma bianca è arruffata e ha il viso cianotico e gonfio.

Indossa una camicia da notte anch'essa bianca che le dà un aspetto oltremodo spettrale. Un fiocchetto rosa legato ai capelli e due nastrini dello stesso colore che le cadono sulla fronte completano la mise della vecchia maitresse. Un'immagine patetica e triste sia per il colore delle decorazioni che più si addicono a una ragazzina, sia perché sarebbe impossibile scoprire una tale nefandezza peggiore al museo degli orrori. Non ancora conscia di ciò che era accaduto, afferrando con le mani l'anta, la donna si guarda intorno con gli occhi spiritati, lo sguardo vivido e scopre il cadavere disteso dinanzi a lei. Non comprende che cosa fosse accaduto, se non l'insignificante ricordo di quel forte botto alla porta che l'ha destata nel sonno. Madame Selma esce raramente di casa. Suo figlio George preferisce che rimanga segregata nel loro appartamento, dove può dare sfogo ai propri ricordi. L'amore del giovane per sua madre è grande quanto l'odio per il suo arto immoto. Non vuole che, uscendo, Selma possa scoprire un mondo diverso da quello che sua madre ha serbato nella mente. L'interno dell'appartamento, anch'esso lugubre e di dannunziana memoria, non ha mai subito cambiamenti e a nessuno è concesso accedervi. Con cautela Selma le si avvicina, carezza amorevolmente la chioma bianca del cadavere e scuote la testa.

"Mia dolce e piccola troia. Come sei bella! Giovane, profumata, radiosa come un bocciolo di rose al mattino. Ti ho detto tante volte che non devi più fare certe cose con il tenente Wolfang. Sai che è un violento, un essere spregevole, un bastardo che non ha alcun rispetto per gli esseri umani. Ma tu non mi ascolti. Guarda come ti ha ridotto, passerottino mio. Questo tuo viso è invecchiato. Hai i capelli biondi ma sembrano bianchi, povera Maria! Questa volta gliela faccio pagare. Ogni volta implora il mio perdono e, io stupida, glielo concedo. Ogni tanto tenta di rabbonirmi, facendo una marchetta da sessanta franchi e io ci casco. Non ha nessun diritto di venire qui e maltrattare una delle mie ragazze. Questa volta gliela faccio pagare per davvero. Anche se dovessi rivolgermi al Fhurer in persona. Sì! Perché penso che, per la sua sensibilità, sia l'unico uomo che può comprendere il mio disappunto".

"Mamma! Vieni mamma che non è successo nulla. Torna a dormire, ti prego", urla George dall'interno, sperando di convincere la madre. "È mai possibile che ogni notte debba aprire la porta di casa per controllare le tue ragazze? La mia è una piccola dannazione. Tutto questo è accaduto perché questa notte non ho chiuso la porta con il chiavistello" pensa George.

Selma ode la voce dall'interno e prontamente dice: "Capitano, per piacere, mi faccia fare il mio lavoro! Ho la responsabilità di queste giovani donne e non voglio che nessuna di loro riceva violenze. A lei basta giocare con la barboncina e tutto va bene. Qui ho dei problemi di responsabilità a cui non posso venir meno. Mi aspetti a letto. Controllo che tutto vada per il verso giusto e poi vengo da lei e ne faremo tante, ma tante, mio bel giovane capitano!" esclama Selma sorridendo.

Baladieu ha compreso che la donna è in uno di quei momenti particolari in cui non ricorda nulla. Come quella volta che scambiò il postino per il nuovo addetto della Wermacht e pretese che l'uomo le consegnasse tutta la posta del quartiere adducendo come giustificazione la propria collaborazione con il comando tedesco. Selma era stata per anni spia del governo di Wichy e aveva il diritto di leggere la loro corrispondenza. Il postino ben conoscendo le sue stravaganze le pose tra le mani un pacchetto di carta straccia. La donna alternava momenti di lucidità che in verità erano molto rari ad altri che creavano spesso imbarazzo. Con la maestria e la professionalità di un consumato attore di teatro, Baladieu, comprendendo l'accaduto, assunse immediatamente l'atteggiamento e l'aspetto da militare e iniziò a scendere lentamente le scale in classico stile teutonico. Giunto al piano terreno, si affianca al corpo di Clotilde e rivolgendosi a Madame Selma dice con accento tedesco: "Le giuro che io non l'ho sfiorata neanche con un dito. Questa povera donna, improvvisamente, ha avuto un malore ed è svenuta sul letto, tra le mie braccia. Io ho tentato di rianimarla ma lei, sfuggendomi, è corsa verso le scale urlando: Madame Selma mi aiuti! Ho qualcosa allo stomaco che non va e mi sento di morire! Nessuno l'ha aggredita. Sono un ufficiale tedesco e ho il mio onore, mia cara Madama". La donna non gli crede. Conosce bene il carattere violento dell'uomo. Più di una volta lo ha redarguito ed è sempre riuscita a tenerlo sotto controllo. Ma questa volta a parer suo ha davvero esagerato.

"Tenente Wolfang, lei dice nessuno. Allora guardi qui come è ridotta. Uno straccio. È piena di lividi e poi è completamente bagnata. La tocchi! La tocchi, la prego!" Selma afferra la mano di Baladieu e lo costringe ad accarezzare il cadavere. L'uomo accetta con ritrosia: "Sono certa che l'ha costretta a entrare nella vasca da bagno senza toglierle gli abiti. Lei lo ha fatto di nuovo. Non riesce a frenare le sue sordide manie di superiorità. L'altra notte ha picchiato Margarita e questa notte Maria. Deve calmarsi tenente o ne parlerò direttamente con Kesserling e la faccio trasferire in Russia. Sì! In Russia o in Cina se non in Siberia. Nel luogo più gelido del mondo, così finalmente potrà raffreddare il suo temperamento violento. Comunque, ora, alzati povera piccola sventurata! Torna nella tua camera, fai una doccia riposante, cambiati gli abiti e rifatti il trucco. Mi raccomando il trucco. Dopo vengo a trovarti e, angelo mio, non dimenticare di farti pagare la marchetta" dice a bassa voce la donna avvicinando la bocca all'orecchio del cadavere.

"Mamma chiudi quella stramaledetta porta e torna a letto. Ho sonno. Fai come vuoi tu, io mi riaddormento" urla George dall'interno dell'appartamento.

"Ma lei non si è reso conto come tratta le mie ragazze? È un animale sessuale. Faccia come gli altri ufficiali teutonici. Inzuppi il suo biscottino nella tazzina, paghi i trenta franchi della marchetta e vada via. Non rovini il mio lavoro!" urla a denti stretti Selma, rivolgendosi a Baladieu.

"Mi perdoni ma, purtroppo avevo bevuto e, poi, io non ho alcun biscottino da inzuppare. Badi come parla. Sono un ufficiale della Wermact. Non può denigrarmi così!" risponde rizelato Baladieu.

"E allora non beva! Non mischi il piacere con il dovere. Ora mi dia una mano a riportare questa povera sventurata in camera sua. La adagiamo sul letto e si riprenderà" conclude la Molowsky.

"No! Per carità! Lasci stare madame. La riaccompagno personalmente. Come le ho già detto sono ufficiale e gentiluomo. Non posso permettere che lei mi aiuti. Faccio tutto da solo. Prima, però, le voglio far prendere un po' d'aria. La porto in giardino e vedrà che si rimetterà immediatamente" risponde l'uomo.

"Tenente non faccia il furbo con me! Io sono Selma e a me non sfugge nulla. Anzi dia a me i trenta franchi della marchetta, se per caso lo dovesse dimenticare dopo aver accompagnato la ragazza".

Baladieu mette la mano nella tasca dei pantaloni e scopre di non avere con sé del danaro, allora estrae un biglietto della metropolitana.

"Vanno bene questi, Madame Selma? Come vede io pago sempre in contanti e onoro i miei debiti in tutto il mondo dove sventola la nostra bandiera. Heil Hitler! Heil Hitler!" esclama Baladieu scattando sull'attenti con il saluto nazista.

"Dia qui, malandrinaccio, e la prossima volta si comporti meglio. Lasci stare la violenza. Se davvero desidera qualcosa di speciale, una strombazzatina seria al suo biscottone, non esiti. Venga da me. Ho un repertorio fantastico!" esclama l'anziana donna sorridendo.

"Verrò da lei con il biscottone… Madame, lo giuro, ma mi perdoni. La prego non dica nulla a Kesseerlig. Ha un carattere terribile e rischierei davvero di trovarmi in Russia" aggiunge Baladieu mostrandosi intimorito.

"Ha compreso che io ne sarei capace? Stia tranquillo, lei è un ottimo cliente e non la tradirò. Ma si prenda cura di lei", risponde Selma con il sorriso sulle labbra.

"Mamma ora vengo e ti lego al letto! Cazzo!" urla inviperito George.

"Ora la devo lasciare. Il capitano si sta infuriando ma qualche sera venga a trovarmi davvero. La sto invitando ufficialmente. Potrei riservarle qualche bella sorpresa ahah!" esclama Selma congedandosi e rimettendo in ordine il fiocchetto rosa che le era volato via.

"Madame Selma, ci conti. Lei è la più bella donna di Parigi. Verrò a trovarla di sicuro" aggiunge Baladieu e si congeda aspettando che Madame Selma rientri a casa. Nel frattempo, la Poltel e Brochard sono usciti dall'appartamento e si sono messi a seguire Baladieu in punta di piedi.

"Brochard non faccia rumore!" ordina all'uomo.

"Sarò una pecora, signora" risponde Brochard.

"Cosa c'entrano ora le pecore?" chiede incuriosita la donna.

"Sono gli unici animali che muoiono in silenzio" sentenzia caustico Brochard.

"Alla prossima tenente! Porti Maria nel cortile a prendere un po' d'aria. Grazie. Ora devo rientrare. Il capitano si infuria. Buonanotte" dice Selma nel congedarsi definitivamente da Baladieu. L'anziana rientra nel suo appartamento, chiude la porta mentre Baladieu tira un sospiro di sollievo. È comunque soddisfatto di come ha recitato la parte del tenente Wolfang. Avvicina la bocca all'orecchio del cadavere e sussurra con un filo di voce. "Clotilde! Hai visto Baladieu? E poi dice il mio medico che sono schizofrenico ma all'occorrenza anche un grande attore. Devo tenerne conto, anche perché i teatri lavorano solo di notte" pensa sorridendo sornione e aggiunge: "Ora andiamo in giardino".

Capitolo IX

August Bovary, mentre accarezza il suo cane, esclama: "Povera bestia, povera bestia! Mi hai fatto compagnia tanti anni e ora io devo fare compagnia a te!"

Gustav è cieco da tempo. L'animale fu colpito da una forma grave di cimurro e nessun veterinario riuscì a guarirlo. Iniziò a barcollare, sbandava quando andava ai giardini e sbatteva col muso contro il cancello d'entrata. August pensò che fosse una cecità momentanea, ma si sbagliava di grosso. Passò del tempo e il signor Bovary pensò che forse era giunta l'ora di prendere un altro cane, più giovane e dare una compagnia a Gustav. Ma era impossibile. Nessun altro cane avrebbe sostituito Gustav e il suo amore per lui.

Come ogni mattina August esce con il suo amico. I medesimi gesti, la medesima passeggiata. L'uomo prende il suo bastone bianco, il cappello, che lascia sempre allo stesso appendiabiti, indossa un pesante cappotto di lana e si avvia alla porta. Bovary è un omaccione sulla ottantina. Ha una lunga barba e non indossa mai le scarpe quando è fuori. Esce in pantofole, eliminando un altro oneroso lavoro. Cercarle. Uno dei giochi preferiti dal suo cane è quello di addentarle e poi nasconderle.

Stringe infine la cinta del palandrano e apre la porta di casa.

"Eppure, mio caro, Gustav questa notte ho udito tanti rumori fastidiosi provenire dalle scale. Spero che George non abbia deciso di far pulizia di notte per risparmiare. Quel cerbero sarebbe capace di tutto pur di guadagnare qualche centesimo in più. Purtroppo, chi possiede molti danari cerca di averne ancora altri" borbotta l'uomo rivolgendosi al cane. Come spesso gli accade, appena esce, richiude rapidamente la porta di casa. August teme che qualche estraneo possa introdursi nell'appartamento approfittando della sua cecità e spesso accade che Gustav resti chiuso in casa. Il cane ormai è abituato a queste bizzarrie, quindi, attende paziente dietro la porta in attesa che si riapra e August con uno strattone al guinzaglio lo faccia uscire.

Ogni mattina è simile alle altre. Generalmente gli uomini che vivono da soli sono metodici. Gustav lo è più degli altri. Inciampa quotidianamente nel primo scalino e successivamente nello zerbino, urta con la punta delle pantofole contro il portone di ingresso che richiudendosi prova a staccargli qualche dito della mano e, quando parla al cane, volge il suo viso da un'altra parte. Sono abitudini che Gustav conosce bene ma non può aiutare il suo padrone. Anche Gustav è metodico come August. Scivola sul tappeto all'entrata dell'edificio e sbatte con il muso contro la panchina che è in giardino. Tutte queste cose rendono unici i due amici che, con l'andare del tempo, sono diventati simili. Clotilde è seduta accasciata sulla panchina del giardino. Ha poggiato sul naso in maniera sbilenchi gli occhiali da sole e il capo le pende chino in avanti. Baladieu nonostante si sia tanto adoperato non è riuscito a raddrizzarglielo. Il corpo della donna è seminudo e le gambe divaricate oscenamente danno un'immagine desolante. Baladieu va via immediatamente dopo aver deposto il cadavere. Nonostante il sole stia già illuminando il Sacro Cuore, l'uomo si dirige a passo veloce alla funicolare, per poi dileguarsi tra la folla nel dedalo di viuzze che circonda Montmartre.

"Non mi troverà nessuno! Quando scopriranno il cadavere in giardino io sarò lontano oltre la cortina di ferro. Anzi ancora più lontano. Dirò loro che ho passato tutta la notte all'aeroporto in attesa di un volo per La reunion o, meglio ancora, che ero a Berlino a festeggiare la caduta del muro con i miei gatti siamesi e non potranno mai accusarmi di nulla." Si ferma e ripensa al suo alibi.

Deve essere serio e inattaccabile. "Alla polizia dirò che ho trascorso tutta la notte fuori nei caffè, nei locali notturni, tra i nottambuli del Pont Neuf. Ho anche io il diritto di passeggiare, di correre, insomma di vivere all'aria aperta e di godermi la vita. Tutto ciò sarà il mio alibi di ferro ma brrrr! Come è fredda Parigi!" esclama Baladieu.

"Questa città, nemica delle ossa e del caldo, è diventata un'enorme frigidaire a cui hanno lasciato la porta aperta. Ho dimenticato il cappotto. Torno a casa a prenderne uno. No! No! Ma cosa dico? Ne compro uno a Sant Denis". Questo pensa Baladieu mentre si allontana dalla Residenza Selma, sgattaiolando fra la gente.

Tutti sanno che i non vedenti sviluppano altri sensi che aiutano a sostituire del tutto o in parte quello carente. Nel caso di August Bovary non è andata così. August ha necessità di avere stretto nella mano il suo possente bastone bianco. Sbatacchiandolo a dritta e a manca e colpendo chiunque sia sul proprio cammino si fa strada fra i passanti. Non si accorge di nulla. Tutto ciò in cui inciampa Bovary scivola sulla sua indifferenza ed è per questa pessima abitudine che i passanti lo evitano. Incontrarlo per strada con il suo cane è un grosso rischio. È così che dopo aver assestato un paio di colpi sul capo al cadavere, il pover'uomo sorride affettuosamente ed esclama: "Buongiorno Clotilde! Lei è una salutista come me. Fa bene, fa bene. Alle sette del mattino tutto è pulito, anche l'aria, le strade, i marciapiedi e lei preferisce il giardino. Sono d'accordo. Non c'è cosa più bella che passeggiare presto. La via è deserta. A quest'ora non trova nessuno tra i piedi. Non ascolta rumori molesti. Non c'è quel traffico fastidioso che le intasa le orecchie e poi, grazie a Dio, non c'è ancora quel puzzo dei motori" dice August accostandosi al corpo. Gustav, invece, ha compreso che c'è qualcosa di sbagliato nella postura di Clotilde. Il suo corpo è molliccio, le braccia pendono ai lati del busto prive di spontaneità e decide di avvicinarsi.

Si accosta prudente e inizia a fiutarla in ogni dove. Si sofferma all'interno delle gambe, dove il puzzo di piscio è più forte. Infila irriguardoso la punta del naso dove nessuno oserebbe farlo e, tirandolo fuori, lo lecca con gusto particolare. L'animale, a differenza di Bovary, ha capito che quel corpo non appartiene a un essere umano vivente e, allora, dà inizio a un rituale ben conosciuto. Individuare un punto dove poter urinare. "Gustav! Ti prego, lascia in pace la signora Clotilde, non importunarla. Allontanati da lei e non opprimerla con la tua presenza!"

Rivolgendosi poi al cadavere esclama: "Lo perdoni Clotilde! Gustav è cieco! Come me e annusa ogni cosa che trova sul suo cammino ed è naturale che con lei ha questo comportamento ma le assicuro che è innocuo. Non ha mai azzannato nessuno. Perché gli sarebbe impossibile, non ha molti denti in bocca da anni... Ahaha!" esclama August, accorgendosi del bizzarro comportamento del suo cane.

Senza tener conto delle riflessioni del suo padrone, la bestia ha lo sguardo di colui che finalmente ha ricevuto un premio. Urina copiosamente sulle gambe della donna.

"Bravo! Bravo Gustav, come sei carino! Fai bene ad avvicinarti alla signora Clotilde e a fargli delle feste. So che tu ami il tuo prossimo. Ami come me tutti coloro che hanno un animo candido. Immagino come stai scodinzolando, birbaccione. Hai fatto subito amicizia con lei. È una brava persona, è una di quelle donne che comprendono l'animo umano e soffrono in silenzio per tutte le vicissitudini. Siamo vicini da tanti anni e non abbiamo mai scambiato due parole come in questo momento e, di mattina presto, per giunta. La società di oggi ci impedisce di essere naturali. Questa è la verità mia cara Clotilde!" esclama August e si accomoda accanto al cadavere della donna.

"Grazie Clotilde, sono certo che lei è d'accordo con me e lo dimostra con il silenzio. Non possiamo farci nulla. Purtroppo è la pura verità. Più gli anni passano e più le buone caratteristiche dell'uomo spariscono." August continua a parlare con Clotilde come se la donna avesse annuito. Le tocca un braccio ma lo ritrae subito.

"Ma com'è fredda mia cara? Lei ha il gelo della notte sulla pelle. Queste ore hanno con sé tutto il freddo della città". Porta le dita alle narici del naso e sul suo viso appare tanto disagio quando scopre il cattivo odore di urina.

"Questa notte avrà piovuto" aggiunge "la pioggia lascia sempre il profumo della notte e il cattivo odore del fumo delle auto, purtroppo". E continua indifferente: "Deve sapere, mia cara, che la mia è stata sempre una vita molto, ma molto, disagiata. Mai un momento di tranquillità".

"Accidenti! Accidenti! È riuscito a farla franca di nuovo. Baladieu è un uomo decisamente fortunato. Brochard! Stia attenta dove mette i piedi!" la donna lo redarguisce.

"Ma se non l'ho neanche sfiorata! Comunque mi scusi" risponde Brochard.

"Shhhhh! Stia zitto! Non fiati! Guardi Bovary che parla con Clotilde, è fantastico, non si è accorto di nulla. Brochard! Venga qui, guardi, appena ha finito di colloquiare e va via con il cane, noi portiamo via la vecchia altrimenti, se la polizia la trova sulla panchina, comincerà a interrogare tutti e io sono certa che la verità verrà a galla e andrò in prigione. Non posso permettere che uno schizofrenico mi prenda per i fondelli!"

Bovary continua il suo soliloquio: "Sono nato in una una famiglia molto povera. Le assicuro che vivere nelle Ardenne da poveri non è cosa facile. In famiglia bisognava dividere ogni cosa. Io avevo sette fratelli. Si immagini come era risicata ogni porzione che ci spettava. C'era solo il lavoro, veramente poco e la povertà, tanta. Abbiamo affrontato guerre, carestie, epidemie, eppure abbiamo costruito un grande paese. Ma è passata. Lei può comprendermi. Siamo coetanei e sono certo che la sua storia è simile alla mia.

Nel frattempo, Gustav desidera andare ai giardini e giocare con i propri compagni. È irrequieto, mordicchia i pantaloni di August che, con la mano, lo scaccia per non essere interrotto nel suo colloquio, assestando invece un paio di possenti schiaffi ai polpacci di Clotilde.

Il cane pensando che sia la donna il motivo dell'inopportuna sosta mattutina inizia a mordicchiare con rabbia ciò che rimane dei suoi abiti. Gustav, in breve tempo, riesce a strappare, con le mascelle, quasi tutto il vestiario di Clotilde. All'inizio sembra un innocente gioco ma, scoprendo che la donna resta indifferente al suo simpatico mangiucchiare, decide di azzannarla, ansimando ed emettendo un latrato ben conosciuto da August. Il vecchio non vede ciò che sta accadendo e continua a parlare fino a quando spazientito dal comportamento del cane dice: "Vuoi smetterla di importunare la signora Clotilde? Sì, ho capito! Vuoi che andiamo ai giardini. Va bene ma non devi prendertela con lei. È una cara persona e non leccarle più le mani!" Il cane ha nelle fauci brandelli si stoffa e sembra non voglia lasciare la presa. È smanioso, abbaia e tende con forza il guinzaglio.

"Ecco! Noi ora andiamo via. Va bene Gustav. Hai vinto tu. Cara signora Clotilde siamo vittime degli amici ahah! Spero passi una buona giornata".

Solleva lievemente il cappello dal capo in segno di rispetto e segue Gustav che lo strascina a forza verso il cancello del residence.

"Di nuovo signora e buona giornata!" esclama August raggiungendo il marciapiedi esterno. Finalmente i due si allontanano e, sul Residence Selma, cade di nuovo il silenzio.

I due compari sono accovacciati sui gradini della scalinata e, quando finalmente August si allontana col cane, la signora Poltel dice a bassa voce a Brochard con un sospiro di sollievo: "Brochard! Stia ben nascosto dietro di me e avviciniamoci lentamente senza dare nell'occhio. A quest'ora non c'è nessuno per strada".

"E se qualcuno ci vede? E se qualcuno ci sente?" risponde agitato l'uomo.

"Faremo finta di nulla. Diremo che stiamo dando una mano alla nostra amica che ha avuto un malore. Diremo che la stiamo riportando a casa sua".

"Ma è tutta nuda. Con gli indumenti strappati e puzza terribilmente di piscio!" esclama l'uomo con una smorfia sul viso mentre stringe le sue narici con le dita.

"Brochard! Per sentirsi male è necessario che una persona debba prima vestirsi? Debba aver fatto da poco la doccia? Faccia come le dico! Vada a casa mia e, nella camera da letto, prenda dei pantaloni e una camicia. Sicuramente li troverà subito. Penso di averne lasciato un paio sulla poltrona a destra della porta. La rivestiamo. Non può rimanere così. È una vecchia e merita rispetto. Faccia come le ho detto. Ma presto. Brochard!"

L'uomo fissa il corpo di Clotilde e scuote la testa.

"Ha ragione, signora. Lei ha un gran cuore. Fa bene a rivestirla. Povera donna!" aggiunge Brochard.

"Brochard vada! Altrimenti rischiamo".

"Certo madame! Corro! Corro!" risponde Brochard e inizia lento a risalire le scalinate.

"Corro!" esclama la Poltel con sarcasmo vedendo la lentezza dell'uomo.

La signora Poltel cerca per quanto le è possibile di sistemare quello
che rimane degli abiti della vecchia, perché il cane di Bovary ne ha
fatto scempio. Delicatamente rimette qualche lembo di stoffa al suo
posto, nell'attesa del ritorno di Brochard, quando d'un tratto ode dei
passi dinanzi al cancello. August e il suo cane tornano dalla breve
passeggiatina mattutina.

"Buongiorno madame Selma. Anche lei qui? Non la si vede spesso.
Preferisce la penombra del suo appartamento. La comprendo. La
città è diventata una giungla. Scommetto che ama l'aria del mattino
come me… ahah! Ormai ci conosciamo da tanti anni e non
immaginavo che avesse gli stessi gusti del vecchio Bovary!"
esclama l'uomo assestando dei vigorosi colpi con il suo bastone
sulle spalle della Poltel che il poverino pensa sia madame Selma.

"Hai! Stia attento Bovary con questo bastoncino! Mi ha quasi rotto
una spalla!" esclama dolente la donna massaggiandosi.

"Mi perdoni madame Selma ma, da quando sono diventato cieco,
ogni ostacolo diventa una piccola tragedia. Ovunque sono, c'è un
problema che devo risolvere. Le auto, le bancarelle, la gente sul
marciapiedi, tutto diventa un muro invalicabile per un povero cieco.
Devo fare più attenzione quando passeggio. Spesso mi capita di
inciampare ma, grazie al mio fido legno, riesco sempre a rimettermi
sulla giusta via" risponde August indicando il suo bastone, mentre il
cane tenta di divincolarsi dal cancello, contro il quale ha già
sbattuto un paio di volte.

"Vieni Gustav! Entriamo in casa, è finito il riposo. Saluta anche tu
educatamente le signore e vieni via e, mi raccomando, non
infastidirle con i tuoi giochi" ordina Bovary all'animale e lo
strattona con violenza.

"Lascia le donne ai loro grandi discorsi. Hahaha!" esclama August,
strattonando l'animale.

Il guinzaglio di Gustav è imbrigliato nella serratura.

L'animale più cerca di divincolarsi, più la corda gli si stringe al collo. Sta quasi soffocando. La Poltel se ne accorge ed esclama: "Aspetti Bovary! Le dò una mano!"

Nel frattempo è arrivato Brochard ansimante con una busta di plastica fra le mani.

"Buogiorno George! È venuto a riprendere la mamma? Sente la sua mancanza? I figli non riescono a staccarsi dal grembo materno neanche da adulti. Ahah!" esclama Bovary rivolgendosi a Brochard.

"Venga con me signor Bovary. Faccia da cavaliere a questa vecchia dama, l'accompagno. Il freddo del mattino potrebbe nuocerle" dice la Poltel comprendendo l'imbarazzante situazione che si è creata.

"Che bravo figliolo George! Tutto sua madre. Energico e simpatico come lei" conclude il cieco.

La Poltel ha rimesso a posto il guinzaglio e il cane, che stava esalando il suo ultimo respiro, finalmente riesce a riprendere fiato. Afferra il braccio di Bovary ed entrambi, lentamente, si avviano al portone.

"Grazie Clotilde. È sempre così gentile. Questi gradini spesso sono la causa di grossi problemi per me e per Gustav. Non è vero mio caro Gustav?" dice Bovary con un cenno del viso rivolto alla Poltel. Solleva una mano e palpeggia il sedere della donna scambiandolo per l'animale. "Bene, amico mio, sei sempre in carne! Il vecchio padrone ti tratta bene! Dillo ai tuoi amici al giardino. Ahah!"

Il cane, nel frattempo, si avvicina al corpo di Clotilde, lo annusa e inizia a ringhiare. Con fare circospetto si avvicina alle gambe e urina di nuovo con disprezzo.

"Hai fame vecchio amico! Ora che andiamo a casa ti preparo qualcosa da mangiare. Cerca di non svegliare tutto il vicinato" dice Bovay all'animale.

Il vecchio inizia a salire i gradini e giunge al pianerottolo seguito dal cane che è stato allontanato con un paio di disdicevoli calci da Brochard seguiti da volgari epiteti. "Vai via brutta bestiaccia. Vai via! Fanculo vecchia larva di un cane!" ripete l'uomo a denti stretti colpendo ripetutamente l'animale con il suo copricapo.

"Arrivederci signor Bovary e buona giornata!" esclama la Poltel allontanandosi da Bovary che è ormai giunto alla porta di casa sua.

"Grazie di tutto e buona giornata anche a voi..." risponde con gentilezza e gratitudine il vecchio.

L'uomo apre la porta di casa e la richiude repentinamente alle sue spalle. Si ode di nuovo il latrato di Gustav. Bovary ha chiuso la zampa del cane tra i battenti. Gli capita spesso.

"Brochard! Presto mi dia quella borsa" chiede la Poltel rivolgendosi a Brochard.

"Signora! Un momento, prima che la prenda e la apra, non crede che sia meglio lasciare Clotilde così?" chiede l'uomo.

"Ma se lei un minuto fa mi ha detto che era d'accordo con me ed era meglio farle indossare qualcosa, per non lasciare il corpo in queste condizioni pietose. Ora mi dia la borsa! Presto!" insiste la donna.

"Ecco signora, di questo le vorrei parlare", insiste Brochard.

"Non c'è tempo per discutere. Fra poco il marciapiedi si riempirà di gente e vedranno Clotilde. Mi dia quella borsa e non ne parliamo più" risponde la donna.

Madame Poltel apre rapidamente la borsa e ne estrae un pantaloncino alla pescatore rosso e una camicia gialla con bottoni grandi e verdi.

La Poltel per un attimo resta interdetta.

"Brochard! Ha fatto come le ho detto?" chiede a denti stretti la donna.

"Sì signora! Lei mi ha detto di andare in camera da letto e prendere qualcosa da mettere addosso a Clotilde. Io sono andato ed ho trovato queste cose" risponde impacciato Brochard.

"C'è un guardaroba zeppo di abiti. C'è un altro mobile, direi, stracolmo di vestiario. Lei mi porta un pantaloncino alla perscatore rosso e una camicia gialla. Per giunta con i bottoni verdi?" urla a denti stretti la Poltel.

"Signora! Le dico la verità! Non volevo darle la borsa, perchè temevo proprio questa sua reazione. Non è d'accordo per il colore della camicia? Forse non le piace il modello dei bottoni?" aggiunge Brochard.

"Brochard! Quando è finita questa storia io la uccido! La uccido! Lasci perdere, proseguiamo nel lavoro. Ora lei mi dà una mano a rivestire Clotilde. D'accordo?" ordina all'uomo.

"D'accordo. Mi dica, cosa devo fare?" chiede l'uomo.

"Bene. Con molta attenzione le faccia indossare la camicia. Appena finito, si giri dall'altra parte!" spiega la Poltel imitando i gesti.

"Ma perché non facciamo il contrario?" chiede Brochard.

"Brochard! Io non aspetto la fine della romanzo. La uccido qui e le infilo il pantaloncino rosso e la camicia gialla dove sa lei. Lasciamo perdere, va bene? Ubbidisca! Testardo di un uomo!" urla di nuovo a denti stretti.

"Va bene. Va bene. Faccia come crede, mi sono offerto volontario. Lei non ha accettato e allora facciamo come dice lei" risponde rattristato Brochard.

I due si guardano intorno per il timore di essere scoperti e si avvicinano al cadavere. Come ordinatogli dalla Poltel, Brochard si volta dall'altra parte, mentre la donna inizia la vestizione del cadavere.

La posizione di Clotilde rende difficile il compito ma la Poltel, armata di buona volontà, riesce a far indossare a Clotilde gli indecenti pantaloncini rossi a mezza gamba.

"Non ha trovato null'altro, inutile uomo? Una camera piena di abiti e lui porta questi. Assurdo!" bisbiglia fra sé innervosita la donna.

Dopo poco dice all'uomo: "Venga Brochard, ho finito! Ora ha una apparenza più decente. Venga qui che le infiliamo insieme la camicia.

Io preferirei reggerla da qui signora. Ho una posizione migliore" e l'afferra per la punta dei piedi.

"Non dica idiozie, Brochard! Si muova, la regga qui. No qui. È mai possibile che lei debba sempre contraddirmi? Le ho detto qui. Finalmente".

"Ma questo donna pesa davvero tanto? Non sapevo che quando si muore si diventa così pesanti. Anche per le vacche è così? Che fregatura!" esclama affaticato Brochard.

La Poltel ascoltando le parole di Brochard gli lancia uno sguardo di odio.

"Credo che non ci resti altro da fare che riportarla a casa del furbetto. Non credo che si possa liberare tanto facilmente di me. Vada Brochard e stia attento agli scalini".

Madame Poltel e Brochard, dopo aver disteso a terra il corpo di Clotilde, afferrano gli arti e lo trascinano verso il portone d'ingresso.

"Stia attento agli scalini! Sono alti. Brochard, non la lasci andare! Non tiri così! Stia attento ai gradini" raccomanda la donna.

"Ma pesa troppo signora! È più di un quarto di bue. Che dico un quarto? Due quarti di bue".

"Lasci stare i buoi e continui a salire Brochard" lo rimprovera la Poltel.

Dopo aver superato la gradinata i due, appesantiti dalla fatica, decidono di lasciare andare il cadavere sul pavimento e riposarsi.

"Accidenti che fatica! Non riesco ancora a capire come faremo a portarla da Baladieu. Ci vorrebbe un ascensore o una fune. Sì madame! Una fune. Occorrerebbe una fune robusta come facciamo con i fianchi dei maiali. Sono così pesanti che al macello adoperiamo delle funi speciali. Ma Dio mio! Non ho chiamato il mio capomacello per dirgli che questa mattina ero ammalato. Lo faccio subito!" esclama Brochard e nella foga di prendere il telefonino dalla tasca lascia cadere il corpo di Clotilde.

La testa del cadavere urta con vigore contro l'anta della porta di Madame Selma.

"Brochard! Lei deve essere davvero scemo! Cosa ha fatto? Si rende conto del rumore che ha provocato?"

"Devo chiamare il mattatoio. Immediatamente" risponde agitato Brochard.

"Ora deve chiama il mattatoio? Ora deve chiamare il suo capo? Ma perchè ho chiesto il suo aiuto? Perché? Lasci perdere. Lo chiamerà dopo da casa mia".

Mentre i due parlottano e litigano sul pianerottolo, si sente il rumore di una serratura e una porta che pigramente si apre. I due poggiano Clotilde allo spigolo della ringhera. Non si affloscia. Il rigor mortis si sta impadronendo del corpo. La Poltel fissa Brochard ed esclama: "Madame Selma, fuggiamo di sopra!"

Poltel e Brochard con straordinaria rapidità si lanciano di corsa su per le scale e si nascondono accovacciandosi a terra dietro la ringhiera. Selma fissa con interesse Clotilde e dice: "Ora stai finalmente bene piccola mia. Hai un colorito splendido. Aveva ragione il tedesco. Basta prendere un po' d'aria la mattina presto che si rigenera tutto il fisico. Il tenente ti ha davvero messo su. Mi ha dato la sua parola di ufficiale e l'ha mantenuta. In fondo è un brav'uomo e poi..." Si avvicina all'orecchio di Clotilde e le bisbiglia: "L'ho minacciato di parlare con il Fhurer. Ti immagini io al cospetto del Fhurer. Ahah! Comunque non gliela avrei fatta passare liscia. Una bella ragazza come te non può essere maltrattata. Ora sei di nuovo in piena forma. Madame Selma Molowsky è come una madre. Una grande madre di tutte voi. Mi raccomando, presentati bene ai clienti. Adoperati per loro e accontentali sempre in ogni cosa che chiedono. Sempre, cara".

La guarda con attenzione e scopre che il corpo è addobbato in maniera bizzarra e aggiunge: "Come sei elegante! Brava! Hai capito che vestendoti bene lavori meglio. Così ci si presenta ai clienti. Con pochi abiti e ostenti loro ciò che desiderano. In vetrina le cose belle e in deposito quelle brutte. Hahahah! Le ragazze spesso non capiscono che devono mettere in mostra le proprie doti. Le accarezza i capelli ma il fetore che emana il corpo è davvero tanto. "Hai un profumo meraviglioso piccola mia. I clienti, specialmente i tedeschi, impazziranno per te. Brava!"

Selma viene interrotta dal vocione del figlio che la chiama dall'interno della casa.

"Mamma per l'amore di Dio ritorna dentro! Vai a letto e fai la brava. Te ne prego. Vorrei dormire altri cinque minuti. Solo cinque, non di più. Chiudi quella dannata porta. Che nottata accidenti!"

"Come urla quel fottuto capitano! Ora vado piccola mia. Non dimenticarti però della marchetta. Sono trenta franchi. Mi raccomando. Ordine nel corpo e pulizia. Devo andare perché il cliente è molto esigente ma appena posso vengo a trovarti su in camera e non fate baccano, voi del primo piano, potrei ritrovarmi improvvisamente la polizia!" Madame Selma le bacia il capo e richiude rapidamente la porta alle sue spalle.

La Poltel e Brochard restano inerti e ascoltano in silenzio le folli parole di Selma.

"Brochard! Ha visto? Bastava un attimo e saremo stati scoperti. Lei deve stare attento quando sale le scale. Grazie a Dio ci è andata bene. Poteva riconoscerci, chiamare la polizia, denunciarci!" esclama allarmata la donna.

"Signora, non si preoccupi. Selma non riconosce nessuno, neanche se stessa quando si guarda allo specchio. Ahaha! Un giorno mi disse che aveva parlato con la proprietaria dello stabile e le aveva ordinato di abbattere un piano dell'edificio perché c'era troppa gente in giro e lei non sopportava più i rumori"!

"No! possibile?" chiede la Poltel.

"Sì! Possibile!" risponde sorridendo Brochard. "Brochard, sa dirmi quale piano aveva deciso di abbattere?" chiede ansiosa la donna.

"Non lo so signora. Ma stia tranquilla, non credo che si trattasse del suo. Ahah!"

Madame Selma chiude la porta e i due, senza far rumore, ridiscendono a recuperare il cadavere. Lo sollevano e, dividendo equamente lo sforzo, riescono a strascicarlo fuori della porta di Baladieu.

"Che lavoraccio! Non pensavo che da morti si diventasse come pietre!" esclama spossato Brochard.

"E queste maledette scale sono orribili. Non c'è un gradino che non scricchioli. Si rischia di cadere ad ogni passo" aggiunge la donna.

Intorno c'è silenzio. I due sono sfibrati e hanno il fiatone. Lasciano a terra Clotilde. La Poltel apre la porta del suo appartamento e dice a Brochard: "Venga dentro! Prendiamo un po' d'acqua e ci riposiamo. Clotilde può attendere".

I due entrano in casa e, dopo poco, escono rifocillati.

"Madame! Apra la porta di Baladieu e facciamola finita" ordina Brochard e, mentre la donna prende le chiavi dell'appartamento di

Baladieu, dice all'uomo: "Non è finita Brochard! Non è ancora finita. Dovremmo riprendere i turni di guardia fino a quando torna Baladieu perché quello è capace di mangiarsi il cadavere pur di farlo sparire e io ho paura. Bovary ha parlato con lei. Potrebbe dire tutto alla polizia e, poi, ci sarebbero le indagini. Dio! Sono terrorizzata…" aggiunge angosciata la donna.

"Stia tranquilla madame! Andrà tutto bene. Baladieu è un mostro e finalmente troverà pane per i suoi denti. Questa volta non se la caverà, glielo giuro e così la finirà una buona volta di prendermi in giro. Che fatica! Sono distrutto!" esclama Brochard asciugandosi il sudore con un fazzoletto sporco di sangue.

"Ma quello è sangue Brochrad? Che cosa ha fatto?" chiede terrorizzata la donna.

"Signora, non si preoccupi, sono i maiali che non vogliono morire. Hahaha!" risponde sghignazzando l'uomo.

Poltel e Brochard entrano infiacchiti nella casa di Baladieu e rimettono sul divano il cadavere di Clotilde. Attentamente controllano che rimanga ritta e le chiudono le palpebre. Questa volta senza occhiali da sole e senza ferri per la lana. Le danno un ultimo sguardo per controllare se tutto sia andato per il verso giusto e, compiaciuti per il lavoro svolto, vanno via rapidamente. Richiudono la porta alle loro spalle e rientrano nell'appartamento della Poltel. I due compari sono stanchi, afflitti, demoralizzati e per giunta, a causa dello stress, Brochard ha dei violenti mal di pancia. La Poltel richiude la porta di casa e rivolgendosi a Brochard dice: "Brochard! Faccia quella telefonata e per un'ora non parli. Non dica niente. Non fiati. Ho bisogno di riflettere".

"Sì, signora, ubbidisco anche se le vorrei chiedere un'ultima cosa prima di telefonare" chiede l'uomo rosso in viso. Ha gli spasmi ma per timore che la donna possa innervosirsi, resta immobile e contratto dignitosamente.

"Brochard, le ho detto di restare in silenzio. Dio come la odio. Che cosa vuole ancora?" chiede la Poltel molto irritata.

"Dov'è la toilette?" domanda con un filo di voce Brochard.

"Se la cerchi!" gli risponde laconica la donna.

Capitolo X

Baladieu, uomo imponderabile, prende una decisione inattesa. Torna a casa. Teme che la luce del giorno possa provocargli danni irreversibili.

Dopo aver girato senza meta per il quartiere e, dopo essersi rifocillato con una ventina di brioche, due baghette e quattro pan o chocolate, il misero riprende la funicolare. Baladieu guarda dal finestrino una città appena sveglia e un numero incalcolabile di esseri umani presi dai loro eventi quotidiani e si sente solo, come quando da bambino i genitori lo abbandonavano a casa sperando che prendesse sonno.

Giunto alla Fermata del Sacro Cuore è ormai devastato dalle disavventure della sua esistenza. Ha paura della gente perchè teme che la notizia della morte di Clotilde abbia viaggiato già di bocca in bocca e che tutta Montmartre sappia che ha assassinato una donna anziana. "Che vergogna! Da intellettuale pazzo ad assassino di pensionate, il passo è breve", pensa prendendo a calci un barattolo vuoto lasciato in strada. Non ha nessuno a cui può confidare la sua tragedia, nessuno che lo aiuti. Teme che la sua vita possa essere in pericolo, che possa cambiare da un momento all'altro ed andare in prigione per un delitto che non ha commesso. Ha il terrore di essere sodomizzato dai detenuti puritani, da questi omaccioni che amano le nonne più del Natale. Ecco le nubi nere che si addensano nella mente dell'uomo. Ora ha la necessità di leggere i suoi giornali per sentirsi rincuorato e di correre a casa per una lunga meditazione alla finestra. Questa pratica lo ha sempre aiutato nei momenti più drammatici della vita. Si ferma a un'edicola e acquista una decina di quotidiani che sfoglia concitamente lungo il tragitto. Pensa, una volta giunto a casa, di passare accanto al cadavere di Clotilde e non degnarla di uno sguardo. Baladieu è certo che anche la vecchia lo abbia tradito. Lo hanno tradito tutti, pensa il misero, iniziando una precisa lettura, nella sua mente, dei nomi delle persone che, a parer suo, gli hanno fatto del male. Al primo posto spicca quello della madre che lo abbandonò quando aveva dieci anni e non si era più fatta vedere. Aveva scelto un altro uomo, a dir suo, più interessante di suo padre. Un pescivendolo dell'undicesimo giocatore d'azzardo e gran puttaniere che nel momento in cui lo conobbe ricevette da lui un sonoro scappellotto perché aveva le scarpe sporche. Il povero piccolo Baladieu quel giorno era scalzo. In questo magma di pensieri ruvido, incandescente, Baladieu cerca il suo destino, il suo spazio vitale, il suo angolo in cui rintanarsi e chiudersi in se stesso aspettando l'ora fatale del destino. Giunge al numero 5 di rue Muller, si ferma, solleva il capo e legge: "La verità è l'inquietudine della vita".

Per un momento vorrebbe di nuovo fuggire, andare in Asia o al Borneo, ma poi riflette su quella frase scritta sul portone e come altre volte ha una intuizione geniale: "Ecco! Ecco la soluzione! Era qui davanti ai miei occhi e io non la vedevo. Tutto era già stato scritto. Io sono innocente e sembra che lo abbia dimenticato. Il destino me lo ha scritto sulla porta di casa e io cieco, ciechissimo, non riuscivo a leggerlo, mio caro Baladieu, ora entrerai nel cortile del palazzo e non troverai Clotilde. È stata la mia grande fantasia, il mio eterno genio, la mia intelligenza superiore a creare i mostri che ora mi stanno divorando. Sono certo che Clotilde sarà in giro a fare compere o al mercato, al cinema, sì, al cinema qui all'angolo. Mi ha detto che ama i vecchi film. La troveranno in qualche sala di periferia, dove c'è puzza di piedi, sputi sulle poltrone e dove la gente si masturba in galleria e lei ora starà ridendo di me. Quanto sono un genio. Ho trovato la soluzione a tutti i miei problemi, borbotta stralunato il misero camminando a passo celere. Baladieu apre il cancello e con indifferenza prosegue fino ai gradini d'entrata. Con la punta degli occhi controlla la panchina su cui ha depositato Clotilde. "Non c'è nessuno? Possibile che sia sparita? Io stesso l'ho messa lì. Io stesso ho sistemato il suo corpo e Clotilde è sparita. È sparita per davvero. Non esiste più. È stato solo un sogno, anzi un incubo. Perchè a me capitano queste cose? È chiaro! Sono schizofrenico. Me lo ha detto anche il dottore. Ho pagato cento franchi per sentirmelo dire. È sparita dalla mia vita. Non ne sentirò più parlare finché diventerò vecchio. Nessuno mi chiederà più "dov'è Clotilde?" Non lo chiederanno ai miei figli, a mia moglie, nessuno mi chiederà più di ospitarla. Allora tutto finito. Sono un uomo libero e non andrò mai più in prigione. Che bella giornata!" Baladieu è felice e accenna a un passo di danza. È un uomo rinato, raggiante.

Baladieu è sfavillante, sorride e prosegue spedito fischiettando su per le scale fino alla porta di casa sua. Estrae le chiavi dalla tasca e canticchiando entra in casa. Richiude la porta e subito dopo è in salotto. La stanza è buia come sempre. Cammina a tentoni e con la mano cerca la minuscola lampada. D'un tratto sente qualcosa di molle al tatto: "Che cosa ho toccato di viscido e schifoso? Dio! Cosa ho fra le mani? Quale oggetto mostruoso mi ha sfiorato? Ho accarezzato qualcosa di flaccido e vecchio. Sento puzza di piscio!" urla Baladieu e resta interdetto e poi urla di nuovo: "No! Non è possibile. È un miraggio del deserto. È un ologramma della mia mente malata. È qualcosa di orribile e di alieno che è entrato a casa mia! Dio. Come mi hai fatto sfortunato!"

Nella fretta la lampada cade. Baladieu la raccoglie. Ha le mani che gli tremano e non riesce ad accendere la luce. Finalmente il salotto si illumina: "No! Maledetta vecchia, vecchia, vecchiaccia della malora, ossesso, incubo dei bambini, aridume moltiplicato per mille" strepita di nuovo e batte i piedi a terra. È sconvolto.

"È di nuovo qui! È di nuovo qui?"

Capitolo XI

"Brochard esca di lì! Brochard, faccia presto. Maledizione!"
Madame Poltel bussa energicamente alla porta della toilette in cui si
è rinchiuso Brochard.

"Non è possibile madame! Non è possibile! Doveva pensarci prima.
Sono in una posizione molto particolare da cui non posso distrarmi.
È troppo tardi. Mi dispiace!" Risponde l'uomo con un filo di voce
tremula.

"Non dica idiozie Brochard! Baladieu è tornato e ha scoperto il
corpo di Clotilde. Esca e non mi faccia perdere tempo!" Grida la
donna.

"Signora, le assicuro che aprirei immediatamente se fosse possibile.
Sono impegnatissimo. Lei non sa che sin da piccolo ho sofferto di
questi strani attacchi colitici. Specialmente se sono in tensione e
ora, con quello, che è successo immagini lei. Non posso muovermi
neanche se chiama la polizia" aggiunge Brochard in piena crisi.

"Brochard, io la uccido! Io le strappo i capelli! La pianti di
piagnucolare come un bambino e non mi interrompa. Si rende conto
che sono da sola e non posso far nulla. Quell'uomo potrebbe
inventarsene una più del diavolo. Potrebbe far sparire tutto in un
battibaleno. Potrebbe divorare Clotilde in cinque minuti. Per un
cannibale esperto sono anche troppi. Ora basta! Esca e cerchi di
collaborare. È un ordine!"

La porta della toilette si apre e compare Brochard in mutande con i
pantaloni fra le mani. Il viso alterato dagli spasmi ha un colorito
rosso fuoco. Non ha la forza di proferire parola. C'è un attimo di
imbarazzo e poi il silenzio.

"Ma lei è più pazzo di Baladieu? Un uomo di cui ho avuto sempre
fiducia, un vecchio amico di mio marito, un compagno di avventura

serio e discreto, questo immaginavo che lei fosse. Si rende conto che è in mutande al cospetto di una signora. Dio! Ma come è possibile che mi sono cacciata in questo guaio? Si vesta! Si vesta subito!" urla la donna mentre porta le mani agli occhi per non guardare.

"Allora rientro signora? Glielo avevo detto che non era possibile uscire. Ma lei ha insistito tanto che ho finito per ubbidirle e ora si lamenta" balbetta Blonchard tentando di giustificarsi.

"Io non mi lamento Brochad! Lei sta dando uno spettacolo indegno per una persona perbene come me. Si rivesta Brochard e ringrazi il cielo che mio marito sia defunto. Non so che cosa sarebbe successo se quel pover'uomo l'avesse visto combinato così. L'avrebbe, come dire, ucciso. Sì, assassinato con le proprie mani".

"No, abbiamo più tempo!" mentre Brochard è preso da dolori lancinanti al ventre, ha il tempo di osservarsi allo specchio e non trovando nulla di disdicevole nel suo vestiario esclama: "In fondo è tutta roba di marca!" rigirandosi come una manequinne.

Si odono le urla disperate di Baladieu.

"Ora davvero è finita. Baladieu ha scoperto il corpo di Clotilde. Ora chiamo la polizia. No! I vigili del fuoco, se non addirittura l'esercito. Brochard! Chiami il mattatoio e dica loro che nei prossimi giorni lei non andrà a lavorare".

"Perché signora? Cosa è accaduto?" chiede l'uomo che non comprende l'inquietudine della donna.

"Mi chiede che cosa è accaduto? Tutto è successo Brochard! Tutto quello che non doveva accadere. Ora è la fase più delicata e si vesta in fretta. Forse fra qualche istante dovremo di nuovo pedinare Baladieu" ordina la Poltel.

"Signora Poltel! Mi scusi ma io torno dentro a rivestirmi, sto ancora tanto male, glielo assicuro."

"Vada Brochard! Sparisca dalla mia vista e vada a chiudersi nella toilette. Resto io di guardia ma faccia presto, presto, per l'amor di Dio, si sbrighi!"

Baladieu è come impedito e non riesce a parlare. Verifica attentamente il corpo di Clotilde ed esclama: "È lei! È lei! La riconosco da quel volgarissimo smalto per le unghie dei piedi. Come ha fatto a salire fin qui da sola? Come ha fatto da morta a entrare nel mio appartamento? Allora non è morta? Non ci capisco nulla. L'ho lasciata cadavere in giardino e ora me la ritrovo seduta nel salotto in pantaloncini e camicia. Io sono un essere inutile, finanche i morti riescono a prendermi in giro!" E si accascia sul divano accanto cadavere.

Baladieu ripercorre con la mente il susseguirsi degli avvenimenti. Com'era stato possibile che Clotilde avesse fatto tutto da sola.

"Se uno è morto, è morto, su questo non ci piove. Sì! Ci sono dei casi di morte apparente ma non è il suo. Puzza come un'appestata insomma come un morto" ripete a se stesso l'uomo fissando Clotilde che, immobile, pare volerlo assecondare.

"A meno che… Ecco che viene fuori il genio che è in Baladieu. Qualcuno di nascosto mi abbia pedinato e seguito da vicino. Qualcuno che in mia assenza ha afferrato Clotilde e me la ha riportata a casa. Ma questo qualcuno è formato da un qualcuno o più qualcuno?" il misero si arroviglia sul dilemma.

"Sicuramente quel vecchio spocchioso, odioso di Bovary. Ne sa una più del diavolo. Con quel cane antipatico, mordace, privo di anima, che passa intere giornate a rosicchiare un osso. Ecco, quei due a me non la contano giusta. Oppure, fammi pensare… La Poltel e Brochard che sono venuti a casa mia per indagare e per scoprire dov'era Clotilde? Con la scusa del Curry? Ecco quei due sono potenziali pedinatori, due nemici travestiti da amici. Madame Selma, che sembra gravemente rimbambita e invece sta benissimo. Che voglia eliminare sistematicamente tutti i suoi inquilini, iniziando dai più rompiscatole e dai vecchi e vendere l'intero stabile ai cinesi, come un giorno mi confessò Geoge o Mandard, gente viscida, chiusa, cattiva, che con la scusa di vivere nel ricordo della nipote morta sotto al treno, spiano dalle finestre socchiuse cosa fa la gente del palazzo per poi realizzare un piano diabolico? Sono tornati da Reims nottetempo e hanno operato di nascosto? Ecco sono tutti loro i miei pedinatori. Mi guardano di nascosto, spiano ogni mia mossa, poi scrivono rapporti lunghissimi. Sì, Ne sono certo. Scrivono i rapporti alla Polizia segreta di un Paese nemico della Francia e poi alla fine, quando mi hanno rovinato mandandomi in prigione, sono soddisfatti e vanno a bere tutti insieme al Gambero Rosso. Questa è la verità che io ignoravo. Chissà da quanti anni va avanti questa storia. Mi seguono, i loro occhi sono su di me e io non me ne accorgo. Povero Baladieu come sei messo male ma ora so cosa devo fare! Come posso liberarmi di Clotilde senza che nessuno dei miei pedinatori se ne accorga? Senza che questa gentaglia sappia nulla di ciò che avviene a casa mia? Senza che i miei nemici possano riportarmela sul divano? Senza che qualcuno di loro possa comprendere? Ho deciso, me la mangio. In fondo è come la carne di pollo, di tacchino, di manzo, solo un po' più molle.

Baladieu fissa di nuovo il corpo di Clotilde e poi esclama: "Non ti mangerei mai vecchia pazza. Perchè mi hai lasciato in un mare di guai? Perché hai voluto farmi questo? In fondo Baladieu è una brava persona e allora?"

Baladieu, come nei momenti più delicati della propria esistenza, stramazza a terra, le gambe sono molli e le mani tremano carezzando il pavimento. Non riesce a respirare e le pupille diventano piccole come due capocchie di spilli. Sta per tirare le cuoia ma lentamente riprende conoscenza e si alza. "Ecco! ho il lampo di genio. Baladieu sta per partorire l'idea geniale. Il genio, il genio! Un momento! Un momento! Che nessuno si muova! Neanche tu vecchia dannata. Ecco la grande idea!"

L'uomo e radioso. Ha trovato finalmente la soluzione.

"Clotilde finirai i tuoi giorni lanciandoti dal balcone ma non dal balcone di casa tua. Sarebbe molto difficoltoso per me ma da questo balcone. Sì! Dal mio balcone. Tutti a Parigi vedranno, tutti saranno testimoni a mio favore. La Polizia avrà migliaia di testimoni. La vecchia si è lanciata dal balcone perché forse era depressa? Perché era diventata povera dopo aver giocato il suo patrimonio a tombola? Perché era troppo grassa per l'età? Perché aveva pochi capelli e bianchi per giunta? Perché le erano cresciuti dei calli giganteschi sull'alluce destro? Perché il costo delle sigarette è diventato inverosimile e diranno "Baladieu è innocente" oppure "a quell'ora l'ho visto prendere il the a Notre Dame" e un altro: "Baladieu passeggiava sul lungosenna, Baladieu era al caffè, Baladieu, l'ho visto salire in metropolitana. Ecco che cosa dirà la gente. Nessuno oserà pensare che la vecchia è stata lanciata dal balcone".

Per un momento non parla più. Riflette su ciò che ha pensato e, finalmente, sorride pensando tra sé e sé: "Ho avuto un'idea geniale. Non ha nulla a che vedere con le altre. Quelle erano ideucce da quattro franchi. Questa è la soluzione".

Baladieu è completamente fuori di testa. Ha il terrore che qualcuno scopra il corpo di Clotilde e possa denunciarlo. Si alza dal divano, va verso il balcone, schioda le ante, spalanca i battenti e resta impietrito dinanzi alla quantità di luce che entra dalla strada.

"Ah! I raggi del sole mi hanno colpito. Non vedo più nulla. Sono cieco. Non vedo le mie mani, i miei piedi, le mie scarpe. Come farò a vivere così? Sono diventato come il cane di Bovary!" esclama Baladieu illuminato da tanto splendore. Carponi si dirige verso il divano e abbraccia Clotilde. Le ghermisce le gambe ma è troppo pesante. L'afferra per le mani, cerca di smuoverla dalla posizione e trascinarla dall'altra parte del salotto e lanciarla nel vuoto. Non ci riesce.

Il corpo è molto pesante e Baladieu è minuscolo come un nano rispetto alla donna. Con uno sforzo impietoso tenta di sollevare il cadavere, ma non ci riesce. Ha un'idea. Corre verso la porta della camera da letto. La spalanca e rovista fra tutti i pacchi, gli scatololoni, le confezioni che ha collezionato nell'arco degli anni e tira fuori un tavolino portavivande che ha quattro piccolissime ruote.

"Ecco! Quello che fa al caso mio!" esclama allegro.

Ritorna nel salotto e si dirige verso la donna. La solleva e finalmente riesce a distenderla sul tavolino. Baladieu è in piena crisi di follia. Inizia a danzare intorno al cadavere. "Ormai è finita, vecchia! Ora ti lancerò dal balcone e finalmente sparirai dalla mia vita. Quando la gente verrà a chiedermi: "Perché lo hai fatto? Io risponderò così: povera vecchia era tanto, ma tanto, depressa. Non riusciva più a connetersi con qualcuno. Odiava il figlio e la nuora a cui mollava tutta la pensione per avere un po' di rispetto in casa. Ecco, questo mancava a Clotilde. Il rispetto degli altri. Io l'ho amata in questi sette giorni che è stata mia ospite. L'ho accudita come una mamma. Le davo il latte la mattina e la pastina glutinata la sera e lei con quella sua piccola boccuccia, con quei suoi piccoli denti da bambina masticava e ingoiava con voracità chili di pastina glutinata, chili. Era instancabile e io vedendola così affamata pensavo: ma chissà da quanto tempo la tengono digiuna?"

Baladieu parla da solo e lentamente si avvicina al balcone con il tavolino su cui è distesa il cadavere.

"E poi quante cose le ho acquistato. Pensi, ispettore di Polizia, che i suoi congiunti mi avevano dato cinquecento franchi per le sue spese. Le ho comprato oltre mille franchi di cose da mangiare, povera donna. Ha divorato di tutto. Anche la carta dei cioccolatini che le ho regalato".

L'uomo si avvicina inesorabilmente al balcone. Manca poco più di un metro.

"E poi, come le piacevano le castagne!"

"Baladieu, mi hai portato le castagne?" così Clotilde diceva quando tornavo a casa. E io, affezionato a quel mucchietto di ossa, andavo subito a comprargliele. Ha mangiato circa cinquanta chili di castagne in soli cinque giorni. Era sempre affamata, ma felice. Felice di stare a casa mia in mia compagnia." Baladieu è giunto alle ante. Si ferma, piantato sulle gambe, solleva il corpo della vecchia e lo fa scivolare nel vuoto. Afferra poi il tavolino portavivande e lo scaraventa nel giardino condominiale. "Finalmente hai trovato pace, vecchia mia e io, finalmente, posso riprendere le mie meditazioni. Anzi, per ora prendo un the e mi rassereno".

Capitolo XII

Si ode una brusca frenata e un rumore di lamiere.

Il taxi su cui viaggiano Geltrude e il marito Francoise, per scansare un pedone avventato, effettua una spericolata manovra e urta un'auto parcheggiata in zona.

"Ah! Dio che botto! Che botto terribile Potevamo morire. Scusi ma lei guida sempre così? Ma sa che è un pericolo pubblico? Scusi, lei mette a repentaglio la nostra vita? Ma è quello il modo di fare una manovra? Nel suo feedback scriverò che è una persona inaffidabile" urla Geltrude.

Il tassista, abituato a ogni genere di insulto, con una grande dose di autocontrollo, risponde: "Signora qui è Parigi non è eBay. Mi dispiace, ma era l'unico modo per poter evitare di mettere sotto qualcuno e, se lo avessi investito, il suo feedbeck non sarebbe cambiato".

Mette il capo fuori dal finestrino e inizia a inveire contro qualcuno: "C'è gente per strada a cui bisognerebbe togliere la patente di pedone e poi arrestarli per guida pericolosa!" rivolgendosi a un giovane che lo fissava immobile dall'altra parte della strada urla: "Imbecille, ma non sai che, prima di attraversare la strada, dovresti almeno dare un'occhiatina? Una sbirciatina ogni tanto ti affinerebbe il cervello!"

"E lei dovrebbe andar piano perché, se continua a correre su e giù come un folle, come ha fatto con me non accorgendosi che sono un pedone e ho sempre ragione, non resterà vivo neanche un parigino" risponde stizzito il giovane.

"Gliel'ho detto proprio ora, non è in formula uno. Guardi i miei capelli! Sono a pezzi, impolverati, maltrattati e poi la mia piega da trenta franchi è finita sul vetro. Povera me… Grazie a, grazie a questo autista da strapazzo!" urla Geltrude dall'abitacolo tentando di rimettere a posto con la punta delle dita la sua pettinatura che nell'urto è andata fuori posto.

"Signora ha finito? Vuole scendere che la corsa è terminata? O intende passarci una giornata nel mio taxi? Perché alla fine sono solo io a perdere soldi!" risponde innervosito il tassista, aprendo la portiera dell'auto. L'uomo va a dare un'occhiatina al danno che ha provocato sbandando con l'auto.

"Va be' un graffio sul parafango, niente di importante" farfuglia fra sé.

"Ma guarda che persona maleducata. Come risponde a una signora! Passeggera per giunta! In questo mondo ormai esistono solo esseri umani come il tassista. Questo mondo è in mano ai tassisti!" grida irritata e offesa Geltrude.

"Lascia stare Geltrude, non ti inalberare. Non fa niente. Pensa invece che siamo tornati finalmente a casa e possiamo davvero riposarci. Queste crociere domenicali, che promettono cose straordinarie, le detesto!" Ma Geltrude non ha alcuna intenzione di tacere. È un fiume in piena e non ascolta le parole del marito. Apre il finestrino e rivolgendosi ancora al tassista continua con i suoi epiteti: "Ora ci caccia fuori dall'auto. Inaudito. Dopo sette giorni di depressione e di mare ora questo sconosciuto che ha tentato di ucciderci ci sbatte fuori in strada.

Non ho finito Francoise. Andrò a protestare all'associazione Taxi e dirò loro di levargli la licenza".

Il tassista indifferente alle parole di Geltrude continua a guardare dubbioso il parafango dell'auto che ha urtato. "Faccia come vuole signora. Io non la sto sbattendo fuori, è arrivata. Questo è l'indirizzo che mi ha dato e per piacere non mi accusi più. Non è stata colpa mia ma di quell'imbecille che mi è sbucato fuori all'improvviso" ripete ad alta voce il tassista rivolgendosi al passante che, nel frattempo, continua a fissarlo. D'un tratto il pedone rompe il silenzio e gli risponde urlando al tassista: "Guarda che io non sono un imbecille. Ho diritto di attraversare la strada ovunque e tu devi andare piano. Correvi come un forsennato. Ringrazia il Signore che te la faccio passare liscia e non vado alla polizia. Sei una persona pericolosa al volante".

Il tassista ascoltando le parole del passante si innervosisce ancora di più e rincara la dose di epiteti.

"Ah! Io correvo? Io correvo e tu dormivi ancora all'impiedi. Rammollito! Non si attraversa la strada con il telefonino fra le mani! Parlavi con la fidanzatina o non hai preso ancora il caffè? O forse volevi sapere se la tua donna esce con un altro?" e inizia a ridere.

Il passante, un giovane alto e robusto, non lascia cadere le accuse del tassista e si avvicina minaccioso alla sua auto urlando: "Sì, correvi. Poi imbecille sarai tu e il caffè te lo faccio bere io, cretino presuntuoso! Non ero al telefono con la mia fidanzata!" risponde il giovane. C'è uno scambio di invettive tra i due. Sono quasi alle mani. La gente per strada incuriosita dalle urla si avvicina. Geltrude e Francoise hanno capito che si mette male e a loro volta scendono dall'auto.

"Vieni, Francoise, andiamo via!" ordina al marito Geltrude.

"Signore! Signore!" dice a voce alta la donna rivolgendosi al tassista: "Quanto le dobbiamo?"

Il tassista si avvicina a sua volta al passante e inizia a spintonarlo.

"Niente! Niente! Non mi deve niente! Oggi si viaggia gratis. Voglio solo dare una lezioncina a questo cretino che oltre a non saper camminare vuol insegnare a me come si guida a Parigi!" risponde urlando il tassista.

"Bene, allora noi prendiamo le nostre valige e ce ne andiamo? Francoise, ormai questi due fra poco si prendono a botte. Questa è Parigi, viaggi gratis, ma rischi la vita".

Geltrude apre la portiera dell'auto, scende e si dirige verso il portabagagli. Francoise la segue ma non ha affatto intenzione di sobbarcarsi il peso delle due grosse valige. Il portabagagli dell'auto è chiuso e Geltrude cerca invano una serratura. Presa dalla foga la donna si toglie una scarpa e inizia a colpire il cofano con il tacco aguzzo, sperando che si apra.

"Come si apre questo aggeggio? Francoise vieni a darmi una mano per piacere non stare lì imbambolato!" esclama la Rocher.

Finalmente dopo aver colpito più volte, il portabagagli si apre.

"Geltrude non è il caso che ti innervosisca. Prendiamo da soli le valige. Fai storie con tutti. Devi capire che è normale che succedano queste cose. Il traffico, lo stress della città e poi, Geltrude, sono stanchissimo. Voglio tornare a casa, distendermi sul letto e dimenticare le crociere".

Nel frattempo estrae le valigie dal portabagagli e le poggia a terra.

"Ecco accontentata. Le valigie sono qui. Va bene? Aspettavamo qualche minuto che quei due si picchiassero e poi le avrebbe prese il tassista". Geltrude ascolta le parole del marito e ha uno scatto di nervi. Richiude con forza il bagagliaio e non si accorge che Francoise non ha avuto il tempo di tirar fuori la cravatta, che gli rimane impigliata.

"Finalmente a casa!" esclama Geltrude con un sospiro di sollievo.

"Ecco brava! Ne hai fatto una delle tue. Geltrude! Aspetta riapri di nuovo il bagagliaio, ho la cravatta chiusa nella cerniera". "Oh! Mi dispiace caro, aspetta, ora lo riapro". Geltrude tenta di aprire il portabagagli prendendolo di nuovo a pugni ma invano. Corre dal tassista che ormai è ai ferri corti con il passante e lo strattona.

"Come si riapre? Signore! Signore, mio marito ha la cravatta nel portabagagli. Mi aiuti. Apra subito questo arnese, altrimenti la denunzio! Chiamo la polizia e l'accuso di sequestro di cravatta!"

Il tassista, preso dalla diatriba con l'altro individuo non ascolta la richiesta.

"Fai presto Geltrude! Altrimenti mi si strappa tutta".

"Signoreeeeee! Apra questo portabagagli, mio marito..."

Geltrude, nel dire queste parole, si volta involontariamente in direzione di casa sua e vede Clotilde volare giù dal balcone di Baladieu.

"Francoise! Ah! Corri! Una cosa terribile. Una cosa terribile. Tua madre, tua madre è volata giù!" urla Geltrude che è testimone involontaria della tragica scena. Francoise non ode le parole concitate della moglie e continua a battere i pugni sul cofano per liberare la cravatta. Poi distratto le chiede: "Cosa hai detto Geltrude? Mia madre che cosa ha combinato questa volta?"

Geltrude corre da lui, lo afferra per il bavero della giacca e gli urla nelle orecchie: "Francoise! L'ho vista volare giù nel giardino. Ho visto tua madre volare giù, lanciarsi nel vuoto dal secondo piano".

"Mia madre? Impossibile! È da Baladieu!" risponde Francoise.

"È proprio da lì che è volata giù, dalla casa di Baladieu. Speriamo che sia ancora viva! Povera donna!"

Geltrude, incurante del marito, si precipita nel palazzo, apre in fretta il cancello e corre da Clotilde che è riversa nell'erba. Guarda il corpo dell'anziana donna disteso a terra nell'aiuola, tra i tulipani di Madame Selma ed esclama: "Ma come accidenti è vestita!" Francoise ha compreso che cosa è successo. Con uno strattone si libera strappando la cravatta e corre verso l'edificio. Il povero uomo entra nel cortile e trova di fronte a sé una scena agghiacciante.

La madre, in pantaloncini rossi e camicia gialla è riversa sull'erba in una posizione alquanto sconcia. Accanto al corpo il tavolino portavivande: "Mamma! Mamma!" urla l'uomo: "Che cosa ti hanno fatto?" Colto da un improvviso malore sviene tra le braccia della moglie.

Attirata dalle urla e dal frastuono si affaccia Madame Selma e, visibilmente scossa nel vedere il corpo della donna disteso sulla sua aiuola, inizia a imprecare urlando e dando sfogo all'intero armamentario delle sue volgarità.
"Guarda! Guarda che cosa ha fatto quel pezzo di merda di un tedesco! L'ha abbandonata qui sui miei tulipani. Voi gente! Cosa avete da curiosare? Vi interessa tanto guardare fra le gambe delle mie ragazze? Allora sono trenta franchi. Pagate e guardate e altri trenta per toccare! Cosa avete da parlottare. Queste sono le più belle donne di Parigi. Le ragazze di Madame Selma. Non fate la faccia scandalizzata. I vostri mariti vengono qui e voi siete più puttane di loro. Io vi conosco. Vigliacchi ipocriti!" Abbassando poi il tono della voce, inizia a borbottare abbandonando i toni velenosi: "Questa volta davvero me la paga! Quel tenentucolo da strapazzo. Mi aveva promesso che se ne sarebbe occupato lui e guarda dove l'ha abbandonata. Proprio sull'aiuola dove sono i miei amati tulipani. Tre mesi! Tre mesi di lavoro per farli crescere belli, colorati e forti ed ora guarda qui! Tutti schiacciati! Assassino di tulipani. Ma non finisce qua! Me la pagherà. In questo momento chiamo Kesserling e lo faccio trasferire in Russia. Oggi stesso lui andrà al fronte. Parola di Selma Molowsky. Il tenentino teutonico non immagina di cosa sono capace. Povera ragazza! Povera ragazza, guarda come l'ha ridotta!"
"Mamma per piacere, non fartelo ripetere! Chiudi quella maledetta finestra e vieni in casa" urla il figlio dall'interno dell'appartamento.

"Capitano! Ha ragione! Vengo subito. Devo dare alcune disposizioni e sono da lei" risponde Selma e a voce bassa continua: "Tra l'altro il poveretto già mi ha pagato la marchetta. Torno immediatamente da lei e se ha tempo ne facciamo un'altra. Capitano!

Il dovere mi chiama. Devo rientrare in casa con urgenza. Lei, buona donna! Dico a lei che sta lì imbambolata a fissare quell'uomo!" esclama la donna rivolgendosi a Geltrude. "Mi faccia un piacere perché sono occupatissima. Chiami subito il comando delle SS e faccia venire il colonnello Trauzer. È un caro amico. Saprà lui come risolvere il problema".

Geltrude è riversa sul corpo del marito e neanche l'ascolta. Tenta di rianimarlo, ma Francoise non ha alcuna intenzione di aprire gli occhi.

"Aiuto! Aiuto!" urla disperata Geltrude. "Qualcuno mi aiuti! Mia suocera è morta. Si è suicidata dinanzi ai miei occhi e mio marito sta male! Vi prego qualcuno mi dia una mano! Chiamate immediatamente un dottore! Aiuto, per piacere! Vi scongiuro ho bisogno di aiuto. Datemi una mano! È accaduta una cosa terribile!" e piange a dirotto.

Baladieu chiude rapidamente le ante del balcone, la stanza ritorna al buio e va sereno in cucina a preparare la bevanda. Si ferma, come se avesse un ripensamento e farfuglia fra sè: "Se arriva la polizia farà delle domande, dirà: "Signor Baladieu, la vecchia era stata affidata a lei! Lei era responsabile della sua vita. Doveva controllarla, guardarla a vista, evitare questa tragedia, come è possibile che non si sia accorto che la signora Clotilde aveva intenzione di suicidarsi?"

Quanti perché! Non saprei dare risposta neanche a uno di questi perché. Perché, dico io, queste cose assurde capitano a me? Ora cosa devo fare? Cosa risponderò alle domande cattive che la polizia mi farà? Sì! Sì! Ho trovato. C'è una sola soluzione a tutto questo. L'indifferenza. L'indifferenza al mondo, al passato che pesa su di me come un macigno, alla mia malattia che mi ha costretto a diventare un genio pur di sopravvivere, alla gente, alla polizia. Cosa vuole che ne sappia un povero schizofrenico come me dei pensieri suicidi degli altri? Io ho già i miei e sono troppi. Sa che io tento di togliermi la vita almeno una volta al mese? E ogni volta in una maniera differente per non sentirmi dire che sono monotono nelle mie decisioni? Ora non c'è altro da fare che andare a letto e restarvici fino a quando tutto è finito. Il thè lo prenderò più tardi o domani o tutt'al più giovedì quando ho la meditazione quotidiana. Per ora dormo sonni sereni. Non ho ucciso nessuno. Non ho suicidato Clotilde e questo è già qualcosa che gioca a mio favore.

Quando mi interrogheranno dirò che non ne sapevo nulla. Non la vedevo da un paio di giorni, dirò che mi ero assentato pochi minuti per andare a comperare la trippa per i miei gatti. Dirò che ero a un colloquio di lavoro a cui non potevo rinunciare, ne andava di mezzo la mia vita. Accidenti, inventerò qualcosa!"

Entra nella camera da letto, apre il guardaroba ed è sommerso dagli innumerevoli oggetti. Nella fretta mette tutto a soqquadro, ma riesce a recuperare un pigiama da notte di seta rosso, facendosi spazio tra una confezione di sturalavandini che aveva acquistato dieci anni prima e mai usati e un pacco di assorbenti per bambini numero quattro.

Lo indossa e rapidamente si mette sotto le coltri, facendo finta di dormire. I suoi pensieri vagano tra il nulla e il terrore di essere incolpato d'omicidio. Non riesce a prendere sonno. Si gira tra le lenzuola ma un pensiero fisso gli attraversa la mente. Deve assolutamente giustificare la morte di Clotilde. Deve dimostrare che prima di morire Clotilde ha lasciato qualcosa che indichi all'intera umanità il motivo che l'ha indotta a porre fine ai suoi giorni.

Si solleva al centro del letto e farfuglia delle frasi: "Cosa può spingere una vecchia al suicidio? Il fatto di essere vecchia già è una buona ragione. Il fatto di essere vecchia e abbandonata da tutti è un'altra buona ragione. Ecco il vero problema. Io, a differenza di Clotilde, ne ho tante di giustificazioni, accidenti se non ne ho! Sono uno schizofrenico fallito con tanto di dichiarazione medica da cento franchi. È normale che spesso ho voglia di farla finita, ma una vecchia che è già a due passi dalla morte, perché dovrebbe lanciarsi dal balcone di casa mia? Vuoi vedere che ho sbagliato a buttarla fuori dalla finestra. Forse dovevo farla morire con il gas, ma è pericoloso. No! Ho fatto bene. Era l'unica soluzione. Senza cattivi odori e senza fuoco. Ora devo assolutamente scarabocchiare un paio di frasi su un foglio di carta, basteranno a far capire il motivo del suicidio".

Si alza dal letto e corre al vecchio scrittoio che è nel salotto, apre un cassetto e tira fuori un foglio di carta e una penna.

"Cosa può scrivere una vecchia come Clotilde? Quale può essere la vera ragione del suo suicidio? Non me ne viene in mente una, ma ce ne sarà pure qualcuna che adesso non ricordo?" L'uomo fissa il foglio di carta e dopo aver pensato un paio di minuti inizia a sorridere: "Ho trovato! Baladieu! Sei un portento, ma come è possibile essere come te? Sei un genio! Lo so grazie! Lo so!" si siede sulla sedia, poggia il foglio di carta sul tavolo e inizia a scrivere con calma, ponderando bene le parole e cercando di essere sintetico: "Un suicida non ha tempo da perdere!" pensa.

"Mi suicido per tante ragioni. Sono vecchia, anzi vecchissima. Sin da quando ero bambina sono stata una donna sfortunata. Un padre cattivo mi ha violentato a due anni, una madre perfida che invece di pettinarmi mi graffiava il capo con un rastrello da spiaggia. I cugini violenti e gli altri parenti, uno schifo di famiglia".

"Bene così! Iniziamo con la descrizione della sua infanzia, ma non voglio dilungarmi nei particolari" continua a pensare e a scrivere Baladieu. "Mio figlio e la moglie se ne sono sempre fregati. Due lestofanti piccoli, piccoli borghesi che la domenica vanno a teatro, a messa, a mangiare noccioline nei giardini, a bere champagne e whiscky in un bar del nono e mi lasciano da sola a casa. Ah! Dimenticavo un particolare significativo!" aggiunge Baladieu: "Mi derubano anche della pensione. Non ho più nulla. Sono vecchia e povera. Non potrò neanche chiedere l'elemosina, perchè ho l'artrosi, un catarro fangoso che mi costringe a portare sempre con me un lenzuolo per soffiarmi il naso e una forte osteoporosi".

L'uomo continua con lo stesso tono: "Così va bene! È importante che io scriva della sua situazione patrimoniale. È sempre una giustificazione al suicidio!"

Baladieu è un fiume in piena, scrive senza tralasciare nulla della sua fantasia: "Nella mia vita ho incontrato solo gente malvagia che mi ha delusa, tranne Baladieu a cui voglio bene perché è una brava persona. Un uomo onesto che non ama il danaro e non farebbe mai del male a una donna anziana come me. È stato una mamma, una sorella, una zia in questi giorni. Lui non ha nessuna colpa. Sono stati gli altri che mi hanno costretto a compiere questo atto insano. Baladieu è innocente. Completamente innocente. È senza colpa!"

dopo aver finito, Baladieu la rilegge compiaciuto e dice: "Ecco va bene così! Penso che basti a discolparmi. Questo è ciò che davvero ha pensato prima di lanciarsi dal balcone di casa mia. Credo che non ci sia più nulla da dire! La cosa più importante è che Clotilde, prima di abbandonare la terra, mi abbia scagionato".

Lascia il foglio di carta aperto sul tavolo, così che tutti possano leggerlo, e si dirige verso la camera da letto. Si distende. È sereno e ha lo sguardo di un bambino. Ora può finalmente riposare nelle braccia di Morfeo.

Anche Bovary attirato dalle grida di aiuto di Geltrude e le parole di madame Selma apre la porta di casa sua e si precipita nel cortile. Ha nella mano destra il suo fedele bastone bianco.

"Ma cosa è stato? Questa è una richiesta di aiuto? Sono cieco. Non posso vedere né dare una mano a nessuno. Ditemi, allora, chi posso aiutare? Posso dare soccorso a qualcheduno?"

Non riceve alcuna risposta se non i singhiozzi e i pianti di Geltrude e un leggero lamento di Francoise che, lentamente, sta riprendendosi dal brutto colpo che gli ha inflitto il destino. Il povero vecchio vorrebbe aiutare chi ha urlato, chi ha chiesto aiuto, ma è conscio della sua impotenza. Resta immobile e spalanca le orbite, come se volesse superare la propria cecità e trovare l'essere umano che ha bisogno del suo intervento. Con la mano si stropiccia le palpebre ma è davvero sopraffatto di fronte a tale tragedia. Dimena il bastone a destra e a sinistra nel tentativo di toccare qualcuno. Assesta un paio di violenti colpi a Geltrude che tenta di difendersi dal vecchio e urla: "Aiuto! Aiutatemi! C'è qualcuno che mi picchia. Mi ha rotto una spalla!" E rivolgendosi ai curiosi che fissano i loro sguardi oltre il cancello grida: "Chiamate la Polizia! I pompieri! La guardia medica! Ho mio marito che sta morendo! E mia suocera assassinata! Aiutatemi vi prego!"

Ma intorno a lei è solo silenzio. In questi frangenti la necessità della gente è quella di osservare, curiosare, ma non dar conto più di tanto a ciò che accade dinanzi ai propri occhi. Questo assurdo comportamento prende il nome di *privacy* o anche paura del coinvolgimento personale.

Perfino Bovary urla: "Aiutate questa donna! Qualcuno la sta

picchiando! Io non posso darle una mano, sono Bovary e sono cieco. Ascolto le sue urla di dolore! Qualcuno venga a darmi una mano! Per piacere, vi prego!"

L'uomo varca la soglia dell'edificio, il suo cane, esce velocemente di casa sballottandolo e si precipita in giardino. Inizia a ringhiare. Scopre, distesa a terra, il corpo di Clotilde e corre verso di lei. La annusa scodinzolando un paio di volte e poi le azzanna un polpaccio.

Il vecchio Bovary comprende che l'animale sta infastidendo qualcuno e lo richiama: "Gustav! Lascia in pace Madame Selma. Non la importunare più! Signora, lo perdoni. Ha un carattere aperto e, ogni volta che incontra una persona amica, vuole assolutamente dimostrare il suo affetto. È un giocherellone…"

Nel pronunciare queste parole, Bovary fa un passo falso. Il bastone non lo aiuta a reggersi in piedi e inciampa. Volteggiando su una sola gamba come quei ballerini vecchi che si esibiscono nei caffè di periferia, l'anziano ruzzola per le scale. Un grosso tonfo e si trova riverso sul corpo di Clotilde con il viso incollato a quello del cadavere.

Geltrude, ancora in lacrime, assiste impietrita e lascia a terra suo marito per dare aiuto a Bovary. Lo solleva con garbo, gli rimette fra le mani il nodoso legno e lo accompagna nel cortile.

"Signor Bovary, stia attento! Dio mio, le do una mano! Non si preoccupi. Lei è una cara persona. È stato l'unico ad accorrere alle grida di angoscia. Ero io che chiedevo aiuto. Sono inciampata come lei e ho ricevuto un grosso colpo alle spalle. Questi gradini sono vecchi e la loro superficie è levigata come il marmo. Davvero pericolosi!" esclama Geltrude, mentendo.

Suo marito, lentamente, si sta riprendendo. Si guarda intorno, è spaesato, non ha compreso del tutto ciò che è accaduto. Fissa il corpo della madre e grida: "Dio mio! Mammina! Mammina mia! Ti hanno assassinata mentre ero lontano. Non hai potuto dirmi: figlio mio addio! Come farò senza di te ora che sono rimasto veramente solo…" Dopo aver pronunciato queste parole, fissa la moglie e sviene di nuovo. Bovary non riconosce la donna che lo sta aiutando e, afferrandole la mano, la ringrazia: "Grazie Clotilde! Lei è davvero una donna speciale. È un mondo atroce e indifferente alla sofferenza degli altri. Lei invece comprende. Ecco perché è straordinariamente viva".

Bovary si rimette in piedi. Tenta poi di trovare la panchina aiutandosi con la mazza ma, involontariamente, dimenando il pericoloso arnese colpisce di nuovo con impeto Geltrude che gli è accanto.

"Brochard! È accaduto qualcosa a casa di Baladieu. Ho sentito molti rumori, delle urla e un tonfo sinistro. Esca dalla toilette e venga qui. Dobbiamo indagare, controllare, non possiamo attendere impotenti che, dopo tanto lavoro, quell'individuo viscido se la cavi. Io, invece, potrei davvero trovarmi nei guai. Esca dalla toilette immediatamente che il dovere l'aspetta. È un ordine!" esclama la Poltel.

"No! Ah! Che dolore! Sto male, non è possibile. Cosa hanno visto i miei poveri occhi!" urla Brochard dalla Toilette e sviene sbattendo la testa sull'orlo del cesso.

"Ma che cosa le è accaduto, Brochard? Lei sta davvero male? Come posso aiutarla? Mi dica, chiamo un dottore. In fondo cosa vuole che faccia un mal di pancia? Ora lentamente metta la manina sulle chiavi e apra questa porta così posso soccorrerla".

Ma non riceve risposta.

"Questa non ci voleva…" pensa la Poltel. "Brochard si è sentito davvero male? Allora il poverino mi ha detto la verità e io non l'ho creduto? E ora cosa faccio? Apra Brocard! Apra questa dannata porta! Le do un minimo di aiuto e poi vediamo il da farsi. Mi raccomando si vesta! Metta i pantaloni e anche il resto del suo abbigliamento. Non voglio vederla mai più in quelle condizioni. Apra!"

Un silenzio tombale improvvisamente è sceso nella casa.

"Apra Brochard! Cazzo! O butto a terra la porta! Faccia presto che Baladieu ne ha combinato una delle sue".

La Poltel continua a non ottenere alcuna risposta, allora con un colpo ben assestato alla maniglia, spalanca l'anta. Di fronte a lei Brochard giace a terra con la testa insanguinata, privo di mutande e pantaloni.

La Poltel in un primo momento non si accorge del dramma dell'uomo e lo redarguisce di nuovo: "Brochard! Ancora nudo? Anzi, più nudo di prima? Le ho è detto di vestirsi per bene e lei non mi ha ascoltato? Ma non è così?" pensa la donna: "È andato a sbattere sul cesso o involontariamente ha dato un colpo all'anta del mobile".

Poi, rivolgendosi all'uomo: "Ma cos'ha fatto Brochard? Non mi muoia nella toilette, la prego! Per me sarebbe indecoroso. Poverino, speriamo che sia ancora vivo. Che giornata terribile! Da ora in poi non ucciderò più nessuno. Che mi rubino tutta la casa! Accidenti!"

Brochrad respira a malapena e, guardando il viso, della Poltel si rassicura. Il suo volto è una maschera di sangue. Con il dito della mano indica la finestra ancora aperta. Vuol dire qualcosa, vuol parlare, ma gliene manca la forza.

"Brochrad! Che significa tutto questo? Perché mi indica la finestra? Ha battuto la testa contro l'anta nel tentativo di alzarsi dalla toilette?" Brochard indica con il dito la finestra ma, con il capo, fa un segno di diniego. La Poltel è impacciata e non sa che fare, quando improvvisamente l'uomo emette alcuni suoni. La donna avvicina il suo orecchio alle labbra di Brochard e lo prega di ripetere ciò che ha detto.

"Signora, io sto malissimo! Ho visto una cosa allucinante affacciandomi".

"Finalmente parla! Ma che cosa ha visto Brochard di tanto angosciante?" chiede la Poltel.

"Clotilde si è lanciata dal balcone di Baladieu con un tavolino portavivande fra le mani" risponde l'anziano con un filo di voce.

La donna lascia Brochard, spalanca le ante della grande finestra e corre a guardare. Scopre così il corpo di Clotilde che, nel volo, ha bucato e abbattuto un tettuccio di canne che Madame Selma ha fatto costruire per ripararsi dal sole nelle giornate estive, nonché le sue corde da bucato, due sedie in plastica bianche da giardino, un piccolo nano di terracotta che era sul tavolo e una quantità rilevante di margherite che Madame Selma, con pazienza da certosino, aveva piantato prima di andare a spiaccicarsi a terra sul pratino dei tulipani.

"A quanto pare nel cadere ha anche provocato ingenti danni!" commenta con indifferenza la Poltel, restando affacciata alla finestra. "Ladra e distruttice delle vite altrui. Hai fatto la fine che meritavi. Ma quello è il figlio e la nuora di Clotilde? Sono arrivati adesso? Hanno visto sicuramente la loro congiunta volare giù. Ecco, ora le cose si fanno interessanti. Voglio proprio sapere come se la cava Baladieu!"

Accanto al corpo di Clotilde, immobili, con le valigie ancora fra le mani, il figlio Francoise e la nuora Geltrude, guardano impietriti ciò che è accaduto a Clotilde. "Che tragedia! Quell'infame di Baladieu ha vinto! È riuscito a far sparire il corpo!" esclama Brochard affacciatosi anche lui. Ha i capelli insanguinati, una mano sul capo e un'altra sulle sue parti intime. La Poltel si accorge di lui, si volta e urla: "Brochard! Lei è un malato sessuale. Cosa fa nudo come un verme dietro di me?"

Capitolo XIII

Un uomo sulla cinquantina, basso, con un cappello grigio a falde larghe e un impermeabile bianco bussa alla porta di Baladieu.

"Questa è una voce registrata. Il signor Baladieu è molto stanco e non può aprire la porta. Quindi organizzatevi. Potete tornare domani, dopodomani o mai più. Grazie. Bip-Bip". (Imitazione del suono di segreteria. Risponde da casa Baladieu).

"Signor Baladieu apra! Sono l'ispettore di Polizia Borgan del quattordicesimo distretto e devo farle qualche domanda" insiste l'uomo.

"Questa è la stessa voce registrata che avete ascoltato prima. Ripeto. Il signor Baladieu è stanco. Ha molti impegni e chi le ha riferito che sono in casa ha mentito. Grazie. Bip- Bip" (suono di segreteria) continua Baladieu.

"Bene! Allora se non apre, signor Baladieu, io sarò costretto a buttare giu la porta!" esclama in tono minaccioso il poliziotto.

Si ode, allora, il rumore delle serrature della porta di Baladieu che si aprono. Baladieu compare.

"Che modi signor poliziotto! Che maniere! Ho fatto riparare la porta circa una settimana fa e lei voleva romperla di nuovo. Eccomi! Eccomi, sono qui, Baladieu è qui, signor detective".

Borgan mostra il suo distintivo a Baladieu.

"Sono l'ispettore Borgan della polizia criminale. Non sono un detective. Posso entrare?" chiede Borgan. "Certo che può signor ispettore… Ormai è in casa! Entri, entri e stia attento ai miei vasi cinesi. Valgono una fortuna. Non vorrei che lei li rompesse o avesse intenzione di distruggerli come la porta di casa. Quando il potere e il capitalismo bussano… Cosa si fa ispettore?" baladieu inizia le sue elugubrazioni. "Si apre e si risponde alle domande che le farà l'ispettore di Polizia" risponde Borgan. Si guarda intorno e non vede alcun mobile né suppellettili e aggiunge: "Dove sono questi vasi cinesi? Qui non c'è nulla…"

"Cascato! Ci ha creduto anche lei, ah! Ha ragione, qui non ci sono vasi cinesi, sono povero e non posseggo altro che vasetti di marmellata. Venga! Venga e se proprio lo desidera posso prenderle una sedia, così il suo interrogatorio sarà meno formale" aggiunge sorridente Baladieu.

"No grazie! Preferisco stare all'impiedi. Ho poche domande da farle e non amo trattenermi a lungo quando interrogo la gente. Ma lei vive sempre al buio?" domanda Borgan.

"Sì, signor ispettore. Vivo al buio da quando avevo dieci anni. I miei giocattoli sono ancora qui dappertutto, a terra, sulle pareti, nei cassetti del mobilio. Li cerco e non li vedo. Quanto vorrei giocare ancora con loro. Quanto mi mancano, ihih!" e inizia a singhiozzare.

"È un non vedente?" chiede Borgan.

"Di più! Di più! Io sono un perdente, una nullità, qualcosa più dello zero ma meno di uno. Non vedente delle tante cose dell'umanità, della cattiveria della gente, delle parole dette e non dette quando cammino per strada, delle offese, insomma, caro ispettore, sono una persona semplice. Sì! Mi definirei una persona semplice, anche se posseggo un discreto patrimonio rimango umile, compassionevole e dannatamente povero. E lei come sta? A casa tutti bene? Ha figli? Moglie? Fratelli? Una domestica nera? La sua visita formale mi desta inquietudine ma sono certo che anche lei è un uomo infelice come me", risponde rattristato Baladieu.

"Signor Baladieu! Non sono qui per farmi psicanalizzare da lei. Vengo per un episodio molto grave che è accaduto nel condominio e di cui lei è parte fondamentale. Quindi, lasci stare le sue stronzate e risponda alle mie domande!" esclama Borgan, inalberandosi per le risposte evasive di Baladieu.

"Ecco! Il potere immediatamente alza la voce sul cittadino inerme. Sono a casa mia e lei prima vuole gettare a terra la mia porta poi mi accusa di fatti gravi e ora cosa vuole fare, arrestarmi?" domanda con voce pacata Baladieu.

"Non voglio arrestarla e non desidero il suo male. Quindi si tranquillizzi. Se mi fa parlare le porrò alcune domande sulla sua ospite. In fin dei conti, non dimentichi che la signora Clotilde si è lanciata dal balcone di casa sua. Questa è una prova schiacciante del suo coinvolgimento in questa brutta faccenda" dice Borgan cercando di essere convincente.

"Non ho capito bene il nome della vecchia. Clotilde? No! Non conosco nessuna Clotilde. Conosco Maria, Anna, Tina, Mercedes, Loredana, ma Clotilde proprio no!" risponde evasivo Baladieu.

"Baladieu! Non menta. Era a casa sua fino a ieri. È stata insieme a lei per sette giorni, cioè fino a quando è volata sotto e mi dice di non conoscerla. Signor Baladieu, faccia il bravo. Ascolti bene, se risponde alle mie domande, io andrò via e lei potrà riprendere la sua vita normale. Non sono Belzebù" aggiunge il poliziotto per tranquillizzarlo.

"Tanto per iniziare non mento mai. Clotilde è stata mia ospite fino a quando ha deciso di non esserlo più e di suicidarsi. Questa è la mia prima risposta. La seconda è che quando la vecchia ha deciso di compiere il suo insano gesto, io ero a letto, dormivo ispettore, dormivo" risponde Baladieu. "Questo lo dice lei? Ha testimoni che l'abbiano vista andare a letto e successivamente dormire?" chiede l'ispettore inarcando le sopraciglia.

"No! Ero da solo. Ogni giorno vado a letto da solo. Sono anni che nessuno viene più a letto con me. Va bene così? Ma quando il mio prossimo ospite deciderà di suicidarsi, io inviterò dei miei cari

152

amici a dormire nel mio letto" risponde ancora Baladieu.

"Ho capito! Lei è un po' reticente. Mi parli allora di Clotilde e non dimentichi nessun particolare. La più insignificante delle cose può rappresentare un indizio. Anche se la mia è una indagine per suicidio, non per omicidio!" esclama innervosito Borgan.

"Ecco! Così va meglio. Avevo il terrore che lei fosse venuto a casa mia per infilarmi le manette e portarmi via, tra il furore della gente che vuole linciarmi, strattonando i fotografi che vogliono a tutti i costi il volto dell'assassino di Rue Muller e la televisione France 2 che mi intervista mentre i gendarmi mi fanno salire sulla loro auto poggiando le mani sulla testa. Vuole intervistarmi? Ora mi sento meglio. Ora sto davvero bene. ihih!" Baladieu inizia a piagniucolare ma continua a parlare.

"Signor Baladieu ma che cosa le succede? Perché piange?" gli chiede Borgan.

"Piango per Clotilde. Povera donna anziana abbandonata da tutti. Sì, dico bene, da tutti. Il figlio e la nuora la maltrattavano, non le davano da bere, la costringevano a fare cose turpi e malvagie. Quando l'ho trovata per strada, all'angolo tra Rue Montmarnasse e la Stazione ferroviaria, era costretta a chiedere l'elemosina. Al freddo, coperta con due cencetti di cotone e la mano aperta aspettando che qualcuno le desse un franco. Povera donna, come è stato possibile che l'abbiano rapita e poi uccisa? Ihih!" continua Baladieu.

"Baladieu! Clotilde non era per strada alla Stazione di Montparnasse quando lei dice di averla trovata. Le è stata affidata dai coniugi Brocher e poi nessuno l'ha rapita. È caduta dal suo balcone. Non ricorda?"

"Sì! È vero, ma non ricordo nulla. Dormivo. Credo che abbiamo finito capitano. Avrei delle cose importanti da fare. La prego, mi lasci libero" risponde evasivo Baladieu.

"No! No, non me ne andrò fino a quando lei non mi dirà perchè la madre del signor Brocher e nuora della signora Geltrude era a casa sua. Ecco, ora voglio una sedia!" Dice il poliziotto innervosendosi.

"Va bene comandante! Obbedisco! Gliela prendo subito".

Baladieu va nel salotto e torna con la sedia. Le dà una pulitina con uno strofinaccio e la porge a Borgan. L'ispettore si siede e, con la mano, invita Baladieu ad accomodarsi accanto a lui. Baladieu si siede a terra a gambe incrociate.

"Ma cosa fa Baladieu? Prenda un'altra sedia, non stia seduto a terra!" esclama il poliziotto.

"Mi dispiace ma ne ho solo una. Le altre me le hanno mangiate i cani per strada" risponde triste Baladieu.

"Va bene. Si segga dove vuole e risponda seriamente alle mie domande, così finiremo presto e io andrò via. Ho tante cose di cui occuparmi oltre ai suicidi nel quartiere" dice l'ispettore.

"Ah! Si occupa anche di altre cose ispettore? Commercia in pietre preziose?" domanda curioso Baladieu.

"Baladieu! La smetta e risponda!" ordina Borgan.

"Cosa faceva a casa sua la signora Clotilde?" l'ispettore inizia a interrogarlo.

"Vuole proprio la verità? Tutta la verità?" chiede Baladieu a bassa voce.

"Sì, voglio la verità? Accidenti!" risponde innervosito Borgan.

"Ma lei come si chiama? Io non parlo con gli sconosciuti" chiede Baladieu.

"Mi chiamo Borgan! Va bene. Mi chiamo Christian Borgan e sono un poliziotto" risponde spazientito Borgan.

"Bene! Allora le racconterò una storia straordinaria. Quando mi innamorai della regina d'Inghilterra…"

"Baladieu! Io la mando in galera e getto le chiavi della cella nella Senna!"

"Lei è ombroso. Per questo è sempre di malumore. Se me lo avesse chiesto prima, non avremmo perduto tempo. Clotilde mi è stata affidata dai suoi familiari per sette giorni, senza alcun compenso, solo per la stima che hanno per me. Mi hanno detto che un loro amico stava morendo, quando invece avevano prenotato una meravigliosa crociera nei Caraibi. La mia vecchina adorata, prima di morire, ha scritto qualcosa, qualcosina, non ricordo. Forse un testamento o una poesia o l'inizio di un romanzo in cui narrava la propria vita o una lettera d'amore. L'ho trovata sul tavolo nel salotto. Era scritta a mano. Clotilde mi aveva confessato di non saper usare il computer".

"E, ora, dove è la lettera? Me lo dica, altrimenti!" urla Borgan inalberato.

"È lì, dove l'ha lasciata Clotilde. A destra del vaso e a sinistra del posacenere. Praticamente al centro" risponde Baladieu.

L'ispettore, nervosamente, si toglie il cappello e lo getta a terra con rabbia, poi si alza e si dirige nel salotto. Apre la porta.

"Ma qui non si vede nulla? Baladieu accenda la luce!"

"Se le ho detto che non vedo, è la verità. Se la cerchi da solo la luce e mi ringrazi perché l'ho aiutato a risolvere un grosso caso. La promuoveranno di sicuro al grado di generale di tutta la Polizia di Francia e lei mi dimenticherà come fanno tutti ormai".

Si ode un grande frastuono. L'ispettore, entrando, inciampa in un tavolino e cade rovinosamente a terra, trascinando con sé altri oggetti.

"Ah! Che dolore! Ho urtato qualcosa di duro con il ginocchio. Baladieu accenda questa luce o le giuro che le sparo!" urla imbestialito l'ispettore.

Baladieu, con una tempistica eccezionale, accende la lampada che è sul mobile e la stanza si illumina di un colore sinistro. Borgan si massaggia il ginocchio e guarda tutt'intorno.

"Qui sembra la camera degli orrori. Baladieu! Ma questo non è un salotto. È il deposito di un rigattiere!" esclama Borgan togliendosi la polvere dal soprabito. Finalmente scova la lettera sul tavolo. Borgan afferra il foglio di carta, inforca gli occhiali da vista e tenta di leggerlo. La luce è fioca e accostandosi alla lampada inciampa di nuovo e cade. Baladieu corre a nascondersi nell'antisala e si siede a terra incrociando le gambe.

"Maledetto mestiere! Ma tu vedi con quali pazzi devo parlare ogni giorno! Era meglio che restavo nell'esercito. Almeno lì avevo più rispettabilità. Va bene signor Baladieu questa lettera ora la tengo io. Analizzerò il contenuto e poi le farò sapere. Io vado via. Mi è bastato incontrarla per avere le idee molto chiare su di lei. Per ora non lasci Parigi, mi raccomando!" dice con tono minaccioso l'ispettore.

"Come farò? Come farò, devo essere in Thailandia domani!" risponde intimorito Baladieu.

"In Thailandia? Cosa va a fare in Tailandia Baladieu?" gli chiede Borgan

"A comprare le sigarette. Le ho finite" risponde Baladieu.

Francoise e Geltrude sono seduti in salotto. L'uomo ha un fazzoletto fra le mani e, di tanto in tanto, asciuga qualche lacrima. Il suo volto è provato. La moglie che gli è accanto non riesce a consolarlo. Il dolore di Francoise appare immenso, più di quanto sia realmente. Sono tornati a casa già delusi dalla pessima vacanza. La donna è tesa perché aveva sperato che durante il periodo in cui sono stati in crociera, il loro rapporto sarebbe migliorato. Appena giunti a casa sono stati invece testimoni di un'immane tragedia. Francoise parla a tratti, vorrebbe delle spiegazioni, un chiarimento sul folle gesto compiuto dalla madre, ma non trova nessuno che realmente lo conforti.

"Francoise ti prego. Dì qualcosa! Ti sei chiuso in te stesso e non parli più. Purtroppo dobbiamo affrontare le tragedie che ogni giorno il destino tenta di buttarci addosso, schivarle, deviarle, farle andare da qualcun'altro. Altre volte, invece, esse riescono a entrare in casa nostra e, allora, c'è una sola parola che può aiutarci. Rassegnazione. Non puoi restare sul divano immobile come un ebete!" esclama la donna, avvicinandosi a Francoise tentando di carezzandogli la fronte

L'uomo la schiva e, rimproverandola, dice: "Geltrude, taci! Se non fosse stato per te, a quest'ora, quella splendida mamma che avevo sarebbe stata ancora lì nella sua camera a far la lana e io qui, nel salotto, a leggere il giornale. Che tragedia!"

"Non essere cattivo con me, Francoise. Abbiamo deciso insieme di…" risponde Geltrude con un tono più pacato, ma non riesce a terminare la frase.

"No! Tu hai programmato. Tu hai deciso e tu l'hai portata da Baladieu. Ah! Baladieu! Me la pagherà. Me la pagherà. Ha ucciso mia madre. Ihih! Lei, vecchina adorabile ha accettato per amor mio. Sì mio. Non tuo. Lei, penso che ti detestasse" dice con cattiveria Francoise rispondendo alla donna.

"Ah è così! Mi detestava? Ora me lo dici? Stupido di un marito! Se lo avessi saputo prima l'avrei sbattuta fuori di casa. Imbecille!" Esclama offesa e innervosita Geltrude.

"Ecco la tua vera natura. Sei malvagia. Ihih!" continua Francoise

"Francoise, ora che è accaduta la disgrazia, io credo che voi siate una famiglia di mostri travestita da gente normale. Non è possibile che mi tratti come se io fossi l'artefice della morte di tua madre! Certo, ho le mie responsabilità. Anche se sono insignificanti. Abbiamo fatto insieme la scelta di lasciare la mammina da Baladieu. Non dimenticarlo" tenta di spiegargli Geltrude.

"Non chiamarla mammina! Solo io posso chiamarla mammina ed era la mia mammina. Ora non c'è più!" urla Francoise con gli occhi stracolmi di lacrime.

"Francoise! Tua madre era una donna insopportabile. Io non sento la sua mancanza. Anche tu non dovresti sentirla. Per questo sei un ipocrita. La tua coscienza ti ribolle e tu dai a me delle colpe che non ho. Quella donna ti trattava come un bambino, mancava solo che ti sculacciasse in pubblico. Eri una vittima" risponde Geltrude cercando di dare una giustificazione ad entrambi.

"Io l'amavo! Era pur sempre mia madre" dice singhiozzando il marito.

"Sono d'accordo. Non dipingermela come una donnina tutta casa e chiesa. Era un diavolo ma si è suicidata e ha posto fine ai suoi giorni. Non è stata colpa nostra. Noi eravamo in quella merda di crociera e, se avessimo, saputo le sue reali intenzioni, non saremmo partiti" risponde la donna.

"Non si è suicidata! È stata assassinata da Baldieu!" accusa Francoise.

"Ma che dici? Quel pover'uomo non sarebbe capace di far del male ad una mosca. È un debole" Geltrude tenta di mitigare le accuse del marito.

"A una mosca no! Ma a mia madre sì! Maledetto cane! Ti ucciderò!" conclude Francoise.

"Francoise! Non gettiamo benzina sul fuoco. Ora la Polizia indagherà e, se ci fosse qualche indizio che dimostra la colpevolezza di Baladieu, sarò la prima a esserne contenta. Te lo giuro. A proposito, spero che non ti venga mai più in mente di propormi una crociera? Non andrò in crociera per il resto dei miei giorni. È mai possibile che il più giovane dei partecipanti superava la settantina? Nooo! Mai più! E pensare che tutti me ne parlavano bene. Vigliacchi, avevano gettato via i loro soldi e volevano che anche noi lo facessimo. Hanno vinto comunque. Siamo stati in crociera, bella esperienza da non ripetere più. Per non parlare della pioggia, sette giorni di temporali e il capitano si ostinava a ripetermi: "Signora, mi dispiace, ma non abbiamo mai avuto tanta acqua dal cielo come in questa traversata!" e io lì, con il due pezzi, a guardare il cielo sperando in un raggio di sole, in compagnia di tanti vecchi. Purtroppo questo viaggio è nato male ed è morto nel peggiore dei modi. Ecco la verità! Se avessi saputo, risparmiavo cinquecento franchi. Che sfortuna!" dice Geltrude.

Bussano alla porta e Geltrude va ad aprire.

"Buongiorno signora, sono l'ispettore di polizia Borgan del quattordicesimo distretto e sono venuto a farvi alcune domande sul vostro congiunto scomparso. Ma prima vorrei porgere le mie sentite condoglianze" dice Borgan togliendosi il cappello e accennando a un lieve sorriso di circostanza.

"Grazie ispettore. Ha detto bene. Che perdita! Che perdita!" risponde Geltrude accennando anche lei un breve sorriso. Borgan entra in casa Rocher.

"Le scarpe ispettore?!" chiede Geltrude.

Borgan guarda le sue scarpe, solleva una gamba e risponde: "Signora, ecco le mie scarpe, sono al loro posto" risponde l'ispettore incuriosito dalla domanda.

"Sì! Lo so che le ha ai piedi. Ma, gentilmente, dovrebbe pulirle prima di entrare. Io e mio marito siamo dei salutisti incalliti" dice la Rocher e sorride per togliere Borgan dall'imbarazzo.

"Oh grazie. Va bene. Lo farò subito" risponde l'uomo sorridendo
L'ispettore inizia a strofinare le suole delle sue scarpe sullo zerbino.
Una nuvoletta di polvere si solleva verso l'alto.

"Non pensavo di avere tanta polvere sotto le suole!" esclama
ironico Borgan.

"Accidenti ispettore ma lei viene dal Sahara? Aveva questo ben di
Dio sotto le suole e voleva regalarlo proprio a noi? Ahah!" dice
ironicamente Geltrude.

"Signora ora posso entrare?" chiede spazientito l'ispettore.

"Certo! Si accomodi, mi segua, la accompagno da mio marito.
Pover'uomo, è seduto affranto dal dolore sul divano. Francoise!
Francoise! C'è la Polizia!" esclama la moglie a voce alta mentre si
dirige nel salotto, ma non riceve risposta.

"Francoise! C'è un ispettore della Polizia che vuole interrogarti"
dice di nuovo la donna entrando nel salotto.

"Io non ho fatto niente. Cosa vuole da me? Ho perso mia madre!
Questa è la realtà!" risponde Francoise singhiozzando.

"Entri, ispettore, entri e si accomodi" dice Geltrude.

Borgan e Geltrude entrano nel salotto e vedono Francoise disteso
sul divano con una borsa di ghiaccio sulla testa.

"Francoise stai bene? Ti ho lasciato che parlavi con me e ti trovo
quasi moribondo. C'è qui l'ispettore non ricordo il nome" dice la
Rocher.

"Borgan. Signora. Borgan" risponde l'ispettore.

"Sì, come ha detto lui. Intende farti delle domande sul suicidio di
tua madre" aggiunge Geltrude.

"Veramente le domande sono per entrambi" taglia corto Borgan.

"Ma io cosa c'entro? È morta sua madre!" esclama la donna.

"Lei c'entra eccome signora. Secondo un testimone, la signora
Clotilde riceveva costantemente comportamenti malvagi da parte

sua".

"Ma guarda un po'. Che menzogna! Me la sono sopportata in silenzio per dieci anni e poi sento dire che avevo comportamenti malvagi. Ah, li avessi avuti davvero. Ora sarei più soddisfatta. Io sono stata la sua vittima ma, grazie a Dio, il Signore sa cosa fare, caro il mio ispettore e l'ha fatto" risponde nervosa Geltrude.

"Geltrude! Stai parlando di mia madre! Non dire queste cose e poi c'è la Polizia. Non vorrei che le nostre parole fossero interpretate nel modo sbagliato dall'ispettore!" Esclama Francoise.

"Non si preoccupi signor Rocher, so io come interpretare le parole nel modo giusto e difficilmente mi sbaglio. Non ho bisogno dei suoi consigli. Ora possiamo finalmente parlare?" chiede spazientito Borgan.

"Certo, si accomodi. Vuole che le prepari un caffè?" chiede Geltrude.

"Non voglio niente se non la verità. Grazie" risponde ruvidamente l'ispettore.

"Allora non le posso preparare nulla. In questa casa non c'è verità…" dice Geltrude con una velata tristezza.

"Ah, bene, e allora iniziamo a parlare del perché avete abbandonato la signora Clotilde. Perché avete lasciato quella povera anziana nelle mani di uno schizofrenico?" inizia l'interrogatorio del poliziotto.

"Tanto per essere precisi nelle risposte, io e mio marito non abbiamo mai abbandonato nessuno. Immagini se potevamo farlo con mia suocera. Tutt'al più abbiamo chiesto al signor Baladieu, che è una persona perbene e non sapevamo affatto, affatto, che soffrisse di turbe nervose, se fosse disponibile ad aiutarci. Lui ci ha risposto che sarebbe stato ben felice di accoglierla a casa sua e noi, allora, l'abbiamo lasciata" spiega Geltrude.

"Maledetto Baladieu dov'è ora? Io lo uccido. Domani!" esclama con durezza Francoise.

"Lascia perdere Francoise. Non minacciare nessuno perché, se domani, lo trovano stecchito daranno la colpa a te. Vero ispettore?" aggiunge la moglie.

"Verissimo signora. Bisogna dare solo risposte precise. Quindi, signor Rocher, risponda alle mie domande e non si dilunghi. Dunque, perché avete abbandonato?..." L'ispettore ha una pausa: "Scusatemi, ho lasciato la signora Clotilde in casa di Baladieu. Era forse un suo amico intimo? Aveva una relazione con lui? Rapporti sessuali? Oppure non avevate nessuno a cui lasciarla?"

"Ispettore! Ma cosa dice? Mia madre aveva ottant'anni" risponde sorridente Francoise.

"No! No! Francoise! Ha ragione l'ispettore ho letto un articolo in cui si parla di amori longevi" interrompe la donna.

"Signora! La prego non interrompa più e poi longevo significa duraturo nel tempo" le spiega Borgan.

"Allora ditemi perché una scelta del genere?" chiede di nuovo l'ispettore.

"E a chi la lasciavamo? A chi potevamo fare un regalo del genere? Chi se la sarebbe tenuta per una settimana? Mia suocera aveva un carattere infernale, non gliene andava bene una. Viveva a dispetto del mondo, acida, corrosiva nei discorsi, maleducata, cupa e bestemmiatrice" spiega la Rocher.

"Accidenti! Un bel caratterino sua madre signor Rocher!" esclama Borgan rivolgendosi a Francoise.

"Non ascolti mia moglie. Lei la odiava. Si mostrava indispettita ogni volta che quella povera vecchietta proferiva parola. Ihih! Ma che fine hai fatto, mammina? Sei stata lanciata dal secondo piano? Noi siamo stati sempre affettuosi con lei" dice Francoise piangendo.

"Ma non l'ho mica lanciata io! L'ho vista che precipitava e ti ho avvisato. Ma tu pensavi alla cravatta e non te ne sei accorto" aggiunge la moglie.

"La sente ispettore? Ascolti la cattiveria delle sue parole. Io pensavo alla cravatta" dice Francoise.

"Quale cravatta? Si spieghi meglio. Voglio tutta la storia di questa cravatta" chiede l'ispettore.

"La mia cravatta era rimasta impigliata nel portabagagli del taxi. Io tentavo di toglierla" spiega il marito.

"Dunque lei ha dato più importanza al suo indumento che allo spettacolo tragico che accadeva?" chiede innervosito Borgan.

"Lasciamo perdere ispettore. Ora le spiego. Ho lasciato mia madre dal signor Baladieu dietro compenso di 500 franchi. Sa per le piccole spese che sarebbero occorse per il mantenimento. Mangiava poco o nulla, beveva poco ma, pure qualcosa, avrebbe speso" spiega Francoise.

"Capisco, lei ha pagato Baladieu. Gli ha dato del danaro per chissà quale motivo. Ora mi si schiariscono le idee!" esclama Borgan.

"Ma no ispettore. Baladieu è sempre al verde e abbiamo pensato di aiutarlo. Non poteva tenersi la madre senza un piccolo compenso. Ecco, consideriamo un modesto aiuto" dice Geltrude.

"Mollando la signora Clotilde a lui per sette giorni. Questa è la verità, miei cari signori. Se oggi stiamo parlando di questa tragedia è anche perché ha lasciato un foglio di carta in cui ci sono delle precise accuse nei vostri confronti" dice Borgan con tono forte.

"Accuse!" esclama Geltrude.

"Sì! Ha scritto che la maltrattavate e vi eravate impossessati di tutto il suo danaro riducendola in povertà. Questo lo ha scritto. Prima di morire" aggiunge il poliziotto.

"Che stronza! Che puttana stronza!" esclama Geltrude.

"Povera mamma. Era davvero disperata e noi non ne sapevamo nulla, per scrivere quelle cose orrende, sicuramente aveva un mondo segreto che nessuno di noi conosceva. Non parlavamo molto e, le poche parole che scambiavamo, erano invettive. Era cambiata da quando è morto mio padre. Era diventata arida e scontrosa, non le andava bene nulla, ma perché non ha mai parlato con me che ero il figlio? Dio mio perchè tutto ciò è capitato a me?" si chiede Francoise.

"Mi spieghi un altro particolare. Sua madre vestiva sempre in quel modo direi bizzarro?" chiede l'ispettore con un pizzico di malizia.

"Mia madre vestiva in nero come si addice a una donna anziana e vedova" risponde quasi offeso Francoise.

"Allora perché quando è volata giù indossava un completino rosso e giallo da adolescente. Sicuramente non si addice a una donna della sua età quindi c'era qualcosa che davvero lei ignorava. Qualche particolare oscuro e inconffessabile" continua Borgan.

"Perché anche da morta lei sperava di darci grane. Ma che ne sappiamo ispettore?" risponde Geltrude con sarcasmo.

"Ripeto, ora le pongo la domanda con maggiore chiarezza e non si offenda, visto il momento. Sua madre Clotilde, aveva rapporti intimi con Baladieu? Risponda a questa domanda!" chiede il poliziotto."Ispettore, lei è pazzo! Ma non posso immaginare mia madre a letto con Baladieu. È una follia" poi ci ripensa e conclude: "Comunque tutto è possibile! Ma non credo che questa sia la verità" risponde l'uomo.

"Ispettore! Credo che sia possibile. Era una donna attraente e molto malvagia" dice Geltrude rincarando la dose.

"E questo cosa c'entra?" chiede l'ispettore.

"C'entra, c'entra. Noi non sapevamo nulla della sua vita privata. Usciva per ore intere e non diceva mai dove andava. Ci nascondeva la verità. Quando tornava si asserragliava nella sua camera e non parlava con noi. Sicuramente c'era qualcosa che non andava bene nel suo comportamento" aggiunge Geltrude.

"Allora diciamo che è possibile che lei di tanto in tanto si prostituisse. Ora l'inchiesta prende un'altra strada ma sempre di un suicidio si tratta. In fondo poteva andare a letto con chi voleva, anche ricompensandolo. Mi dispiace avervi posto questa domanda. Ora tralasciamo definitivamente questa parte dell'interrogatorio" dice Borgan.

"Sì, tralasciamola ispettore. La cancelli, la distrugga per il buon nome della famiglia. Se nel quartiere arriva la voce che mia madre si prostituiva devo cambiar casa!" esclama intimorito Francoise.

"Comunque, le cose che volevo sapere le ho sapute. Credo purtroppo che non sussistano le ipotesi di un delitto. C'era nella donna con un retroterra depressivo. Spesso dava sfogo ai propri sensi rivolgendosi a uomini più giovani di lei. Tralasciando naturalmente i particolari come abbiamo già detto, era a casa del signor Baladieu e dopo aver consumato un turpe atto sessuale con lui, forse per la vergogna, ha deciso di farla finita. Ora mi è tutto più chiaro. Manca il movente per un assassinio. Voi restate a disposizione della Polizia e non lasciate Parigi. Sarete convocati per la chiusura dell'inchiesta. Spero al più presto" li avverte l'ispettore.

"Grazie ispettore ma non ci rovini... Io non credo a tutte quelle brutte cose che lei ci ha detto, mia madre era una santa. Forse non proprio una santa ma, sicuramente, una donna morigerata e sensibile. Come ha potuto constatare di persona, siamo brava gente. Lo abbiamo fatto per andare una settimana in crociera solo per goderci un po' di libertà. Penso che, data l'età degli altri partecipanti, avremmo potuto portare anche lei. Ihih!" conclude Francosie.

"Vede Brochard, la polizia è andata da Baladieu. Sicuramente lo arresteranno. Ne sono certa. Venga, venga, scendiamo giù da lui. Posso ascoltare cosa dicono".

"Signora Poltel, lasci perdere, se la Polizia scopre che io e lei origliamo alle porte possono insospettirsi e finiremo per trovarci nei guai" dice timoroso Brochard.

"Amico mio. È Baladieu che è finito nei guai. Né io né lei. Mi segue?" ordina la Poltel all'uomo.

I due discendono in modo goffo, accucciati uno dietro l'altro, sul pianerottolo, dov'è l'appartamento di Baladieu. Brochard ha un vistoso cerotto sulla fronte e cammina claudicante a seguito delle ferite riportate nella toilette della Poltel. Una volta giunti, la signora fa segno all'uomo di rimanere immobile e in silenzio, avrebbe cercato lei di origliare.

"Dio che silenzio! Vuol dire che Baladieu è in una situazione davvero delicata. Generalmente parla in continuazione, anche se dice tante fandonie e, ora, invece zittisce. Gatta ci cova caro Brochard!" esclama la donna a denti stretti rivolgendosi a Brochard che la segue.

D'un tratto si apre la porta della casa di Baladieu ed esce l'ispettore Borgan. Ha in mano la lettera di Clotilde e appena vede i due chiede bruscamente: "Lei è la signora Poltel? E lei il signor Brochard, vero? Finalmente vi ho presi!" esclama l'ispettore.

"Sì! È vero, lo confesso. Sono io la signora Poltel ma nulla di più. Non abbiamo fatto niente di grave. Siamo innocenti" risponde tremante la donna.

"Vede che ognuno di noi ha qualcosa da confessare? Io cercavo lei e quel signore che è alle sue spalle. Brochard vero? Aprendo la porta di casa Baladieu vi trovo a origliare. Cosa pessima a mio parere ma non posso arrestarvi perché origliate. Non è ancora un reato" aggiunge Borgan.

"Ha ragione commissario! Ci scusiamo con lei per questa malaugurata iniziativa ma le posso assicurare che io e la signora Poltel siamo privi di colpe. Non abbiamo ucciso nessuno. Siamo qui per, come dire, seguire le indagini della Polizia, per sapere se c'è un assassino in libertà" dice Brochard tentando di giustificarsi.

"Questo lo stabilirò io! Per voi due, ora, è giunto il momento di parlare, di vuotare il sacco e di confessare se necessario. Devo porvi molte domande e mi aspetto molte risposte chiare. Andiamo a casa sua signora?" chiede serio il poliziotto.

"Certo commissario. Certo, io e il mio amico Brochard stavamo appunto venendo da lei anche per chiederle quando ci avrebbe interrogati ma, visto che, per puro caso, e non perché origliavamo alla porta, ci siamo incontrati, possiamo andare a casa mia. Lì c'è spazio per tutti" dice la donna invitando gli altri due.

"Bene bene, così la facciamo finita" risponde l'ispettore aggiustandosi il cappello sul capo.

Capitolo XIV

I tre entrano nell'appartamento della signora Poltel che li fa accomodare in salotto.

"Commissario! Scusi il disordine, è tutto sottosopra ma, ultimamente, ci sono stati i ladri!" esclama la donna.

"I ladri? Ha fatto una regolare denunzia alle autorità competenti?" domanda Borgan.

"No! Mi correggo, ho l'intera casa sottosopra, come se avessi avuto una visita dei ladri. Ora ha capito, commissario?" si corregge la Poltel.

"A parte che non sono commissario ma solo un ispettore, a me sembra che una serie di spiacevoli eventi ha investito come un ciclone tutti gli abitanti del numero 5 di Rue Muller. Una donna anziana che vola da un balcone vestita in pantaloncini corti e camicia, con abiti poco appropriati, un cieco che insiste di aver parlato con la donna mentre era distesa e già cadavere, sui tulipani, voi due che asserite di aver avuto in casa i ladri e che origliate alle porte degli altri affittuari e, infine, i familiari della morta che sono andati una settimana in crociera ai Caraibi, lasciandola nelle mani di un paranoico. Bene. Tutto ciò è quanto meno inquietante. Potreste aver progettato insieme l'assassinio dell'anziana?" puntualizza l'ispettore.

"Ma cosa dice, ispettore? Insieme organizzavamo un delitto. Questa è una pazzia bella e buona, un romanzo, una sua fantastica supposizione. Accidenti, parli lei Brochard, visto che il nostro amico l'ha tirata in ballo, spieghi all'ispettore che cosa è successo davvero, qual è il susseguirsi degli eventi catastrofici e ingestibili che ha portato alla morte di Clotilde e, poi, lei ha detto una cosa giusta. Qui c'è un solo colpevole. Baladieu. Un pazzo matricolato, con tanto di certificato medico. Mi scusi, ma quando la verità salta a galla come è il caso di quell'uomo, tutti la vedono" dice la Poltel.

"Devo dire tutta la verità? Proprio tutta? Signora Poltel?" chiede Brochard.

"Lei deve essere sincero di fronte alla legge. Non voglio perdere tempo e inseguire menzogne" conclude irritato Borgan.

"Sì! Brochard, parli chiaro, dica all'Ispettore che noi avevamo capito da tempo che Baladieu aveva ucciso Clotilde e lo abbiamo anche pedinato" dice la signora.

"Sì! È vero. Gli siamo stati dietro come un'ombra. Non c'era passo che Baladieu muoveva che noi eravamo dietro di lui, attenti a ogni parola che lui diceva, a ogni gesto insolito, a ogni apertura e chiusura della porta del suo appartamento.

Veramente non possiamo accusarlo di niente, proprio di niente. Non abbiamo prove reali della sua colpevolezza. Solo indizi piccoli, piccolissimi, infinitesimali indizi e poi intuito, tanto intuito poliziesco. Il mio e quello della signora Poltel" dice Brochard.

"Grazie Brochard. Lei mi commuove quando parla della mia intelligenza e del mio intuito poliziesco."

"Ihih!" la signora Poltel piagniucola.

"Vi siete sostituiti all'autorità. Dovrei arrestarvi per quello che avete combinato. Seguire, pedinare la gente, ma vi rendete conto di tutto ciò? E poi, perché d'un tratto piangono tutti in questo palazzo? Accidenti a me che ero di servizio e mi è toccata l'indagine. Oggi potevo ammalarmi o partire per Nizza, come desiderava mia moglie!" esclama Borgan.

"Piangiamo per il dolore di aver perso una donna straordinaria, un essere umano unico nel suo genere, una donna che ha davvero sofferto ma ha vinto la sua battaglia, un esempio di rettitudine umana e di dedizione alla famiglia, una donna dallo spirito ardito e dal carattere forte!" esclama Brochard alzandosi in piedi in segno di rispetto.

"Calma, calma. Signori, sembra che stia parlando di una eroina nazionale, di un personaggio mitico, di un grande politico. Clotilde era semplicemente una pensionata stracolma di problemi quotidiani".

"Ma, come dice Brochard, era anche altro, altro. Forte e ragionevole, non meritava di morire così. Tutti, dico tutti l'amavamo come una sorella" conclude la Poltel con le lacrime agli occhi.

"E secondo voi, allora, chi l'averebbe uccisa?" chiede con durezza l'ispettore.

"Baladieu!" rispondono all'unisono Poltel e Brochard.

"Ma non dite idiozie! Baladieu è innocente, si vede a un miglio di distanza e poi la signora Clotilde ha lasciato una lettera" aggiunge Borgan.

"Una lettera?" chiedono gli altri due.

"Sì, una lettera che lo scagiona completamente. Nel momento tragico, il pover'uomo dormiva. Dormiva, capite?" conclude il poliziotto.

"Ahah! Se è così il povero Baladieu è innocente! Lo abbiamo sempre detto, vero Brochard? Baladieu è un uomo onestissimo e serio, una persona perbene, l'ha solo ospitata e basta. Perché avrebbe dovuto ucciderla? Clotilde era una donna terribile e questo è vero, ma pensare addirittura di ucciderla! Non credo e allora, scusi, commissario, lei che cosa ci fa qui? Perché ci interroga?" chiede la donna.

"Per il tavolino portavivande e, accidenti! le ho detto che non sono commissario" aggiunge collerico Borgan.

"Il tavolino portavivande?" chiedono Poltel e Brochard.

"No! Di questo, ispettore, non ne sappiano nulla. Vero Brochard? Nel palazzo non hanno mai rubato nulla. La signora Selma è fuori con la testa ma ha sempre ospitato gente onesta e laboriosa come noi. Quindi mi scusi, lasciamo stare queste basse insinuazioni. Vero Brochard?" dice la donna.

"Voi siete conviventi?" chiede maliziosamente l'ispettore.

"No! La prego capitano... sono solo amici intimi ma non intimi come può intendere lei. Conosco Brochard da una vita e era amico e confidente del mio povero marito quando era vivo naturalmente. Vero Brochard? Parli anche lei!" esclama la Poltel.

"Sì, la signora ha detto la verità e, anche io, lo faccio. Io e il povero marito della signora eravamo amici, molto ma molto, amici. Lui si occupava della mia contabilità, quando commerciavo in carni" spiega Brochard.

"Lei commerciava in carni Brochard?" chiede la donna.

"Commerciavo... È un termine grosso. Diciamo che vendevo la carne ai tedeschi. Quella del mattatoio. Lui contabilizzava gli incassi" risponde Brochard.

"Era un contrabbandiere, un commerciante abusivo di generi alimentari!" esclama stupita la Poltel.

"No! Signora Poltel. Io e suo marito, pace alla sua anima dov'è ora" confessa Brochard.

"A parte che non sono capitano, signora Poltel ma, per quanto ho ascoltato, potrei arrestarla per queste sue dichiarazioni, signor Brochard? Purtroppo lei conosce bene la legge, sono reati caduti in prescrizione da anni. Ho capito il rapporto di amicizia che vi lega. Il contrabbando di carni statali durante l'occupazione tedesca!" esclama con sdegno l'ispettore.

"Un momento, agente, un attimo. Devo raccapezzarci in questa storia. È la prima volta che odo queste parole, a cui non credo affatto. Mio marito era un onestissimo funzionario della dogana e lui maledetto, meschino, bugiardo ne sta oltreggiando la memoria" dice la donna.

"No signora, non è così. Era davvero un mio grande amico, onestissimo, geniale nella sua onestà direi" continua Brochard.

"Onestissimo? Geniale? Non credo, non credo proprio" aggiunge l'ispettore interrompendolo.

"La vera mente di tutto era madame Selma. Organizzava la vendita e l'acquisto di tutti i generi alimentari di Montmartre. Lei..." racconta a bassa voce Brochrad ai due "era l'amante di Kesserling. Capisce?" Brochard continua nella sua narrazione.

"No! Non capisco!" esclamano insieme la Poltel e Borgan.

"Madame Selma, era la mediatrice a percentuale dei nostri affari. Non c'era pezzo di pane o chilo di farina che non passasse per le sue mani. Gestiva il mercato nero di generi alimentari di tutta Montmartre. Noi dovevamo adeguarci, altrimenti a chi avrei venduto la carne che prendevo in prestito al mattatoio?" Brochard è un fiume di parole in piena.

"Dio! Mi sento di svenire!" esclama la Poltel.

"Signora, si distenda, la prego" chiede l'ispettore alla Poltel che, nel frattempo, si è adagiata sul divano.

"Prendeva in prestito. Ma guarda come si giustifica! Che rubava al macello. Allora, e spero non oggi, era un vero delinquente! Dovrei crederla? Perchè dovrei crederla signor Brochard?" chiede Borgan.

"La signora qui presente voleva la verità e io gliel'ho detta tutta. Forse non le garbava. Ne desiderava un'altra, più bella? Ma la verità è sempre brutta. Sia per chi la dice sia per chi la ascolta. Noi viviamo in un'epoca in cui ognuno si è costruito una propria verità. Così vive tranquillo e felice" conclude Brochard.

La Poltel mentre è distesa apre un solo occhio, fissa con lo sguardo

Brochard e con un filo di voce dice: "Mio marito era socio con lei e con una puttana? Non mi ha mai detto nulla? Maledetto! Maledetto!" e sviene di nuovo.

"Accidenti signor Brochard! Non volevo questa verità. Intendevo sapere che cosa è davvero successo al 5 di Rue Muller ieri alle 11 del mattino. A me interessa ciò che è accaduto alla signora Clotilde, non la storia di Francia. Queste cose che lei ha confessato con immensa semplicità, le ho già sentite da centinaia di persone. Tutti avevano una buona ragione per delinquere, ma..." dice l'ispettore ma viene interrotto da Brochard.

"Lo ha detto lei! Il caso è risolto. Baladieu è innocente e la vecchia si è suicidata. O sbaglio?" Aggiunge Brochard.

"Sbaglia signor Brochard, sbaglia. Una donna vecchia e attempata come Clotilde, non si sarebbe mai suicidata, portandosi dietro il tavolino portavivande di Baladieu. Comprende? Sono qui per questo, maledetto giorno in cui ho deciso di venire a Rue Muller."

"Guardi ispettore. Non è la prima volta che accadono queste cose strane. Nel '60 anche mio zio Fedric si suicidò perché aveva saputo dal suo medico di avere un cancro e portò dietro di sé, non immagina neanche cosa si portò dietro. Un chilo di spaghetti nella tasca del cappotto. Ahah!" esclama Brochard e inizia a ridere.

"Buongiorno! Sono l'ispettore di Polizia Borgan del quattordicesimo distretto. Vorrei parlare con la signora Selma Molovski, proprietaria dell'immobile" dice Borgan quando la porta si apre.

È il figlio George che la apre mentre è ancora in pigiama.

L'ispettore si ferma sotto l'arco della porta e si toglie il cappello dal capo. L'uomo di fronte a lui lo invita a entrare.

"Entri ispettore. Si accomodi. Credo che lei conosca bene la situazione di mia madre e comprenda pure che, questa donna, vive in un limbo perenne, sospeso tra presente e passato.

Spesso queste due realtà si fondono nella sua mente e allora non è più cosciente di ciò che dice".

Grazie a Dio la mia presenza mitiga il suo istinto, dandole una terza dimensione. Il dubbio. Mia madre in questi momenti non è certa di ciò che pensa e che dice e questo ispettore è già una gran fortuna. Vuol dire che per infinitesimali spazi di tempo riesce a recuperare la sua vera condizione. In questi momenti si incupisce. Il suo passato le scorre come una pellicola cinematografica. Scopre che di tempo ne è passato tanto e che la realtà che la circonda è diversa da quella che la sua mente le ha costruito da anni. Io sono sempre accanto a lei ma, a volte, mi assento per ragioni di lavoro ed è proprio durante questi brevi periodi che ella vaga libera nella sua follia. Prego, si accomodi".

Borgan annuisce e i due entrano in casa.

L'appartamento di madame Selma è buio come quello di Baladieu, ma elegante, con mobilio d'epoca e molti dipinti alle pareti. George gli fa strada educatamente senza provocare alcun rumore in un silenzio impalpabile. I due entrano in un ampio salone in cui spicca il colore rosso e oro di due grandi divani messi l'uno di fronte all'altro a un lato della vasta camera. George indica all'ispettore con la mano uno di essi e Borgan si accomoda. È una vecchia casa nobiliare parigina. Non se ne vedono tante. La guerra, l'occupazione nazista, la ripresa economica di un paese allo stremo, hanno impoverito la gente che nei momenti di vero bisogno hanno dato via patrimoni interi.

Uno spazio immobile, in cui anche la polvere è restia a entrare per non guastare l'immagine di un tempo che non tornerà mai più. Il tempo delle feste, delle grandi riunioni di famiglia, il tempo in cui la gente era insieme e parlava, parlava di ogni cosa.

Le sedie erano tante, tutte dello stesso colore dei divani e erano sistemate in fila lungo le pareti e altre ancora circondavano un grande tavolo con il piano in alabastro, intorno al quale i commensali si riunivano per gustare Champagne e sorridere alla gaiezza della vita.

Per Borgan non era la prima volta che si trovava in luoghi del genere. Il suo lavoro spesso lo portava a conoscere le intimità di tante persone a lui sconosciute, le cui vite per pochi attimi erano state legate a delitti e tragedie.

Anche Borgan ha un passato segreto, che spesso in tali frangenti viene a galla come lo scarico della toilette intasato. L'uomo era entrato in Polizia in giovane età. Suo padre, morto in Indocina, gli aveva lasciato in eredità solo il diritto di far parte di un corpo dello Stato e, quindi, essere assistito economicamente dai contribuenti francesi.

La sopravvivenza di molti esseri umani spesso dipende dalla collettività che, a sua volta, ignora o nasconde nel retroterra della memoria le colpe di un Paese che fa' di testa sua senza ascoltare la voce dei suoi figli. Borgan non avrebbe mai voluto fare il poliziotto, ma la madre scelse quello che era meglio per lui. La sua natura di uomo semplice e il suo interesse per i particolari lo avrebbero guidato sicuramente verso altre avventure, ma la madre che aveva altri quattro pargoli da sfamare, non ebbe scelta. Christian dovette andare in collegio. Era il primo maschio e la legge era chiara. Lo Stato avrebbe dovuto occuparsi della vita del ragazzo. Fu così che il giovane Borgan, in pochi anni, si ritrovò con una divisa da Flick e un manganello fra le mani. La sua carriera da agente non era stata brillante né costellata di momenti di gloria. Nonostante avesse svolto più di un'indagine, per la quasi totalità delle volte non era mai riuscito a trovare un colpevole.

Questo singolare curriculum lo rendeva diverso dagli altri colleghi, ma a lui poco interessava. Borgan aveva un tale disprezzo della società che per lui, un assassino in meno o un assassino in più, non avrebbe cambiato il corso della storia. Seguiva ogni indagine come se fosse affacciato a un balcone e guardasse sotto di sé la gente che, presa dalla propria esistenza quotidiana, resta indifferente a ogni male.

Spesso nei suoi interrogatori capiva di parlare con assassini, lestofanti, truffatori, ma dava sempre loro una possibilità. Quella di redimersi.

Christian Borgan è un poliziotto, molto ma molto, particolare.

George si allontana dall'uomo e, indicando una porta, dice: "Mia madre spesso dice parole sensa senso, spesso pronuncia nomi di persone morte da anni che la povera donna pensa siano vive accanto a lei. Ecco perché tento di salvaguardarla trattenendola a casa, senza contatti con gli altri. Ogni incontro diventerebbe una farsa e io non ho alcuna intenzione di provocare l'ilarità della gente. Ispettore, comunque, ora vado a chiamarla ma non ne caverà un ragno dal buco, ne sono certo".

Un fascio di luce illumina la porta da cui George va via e dopo qualche attimo dalla stessa porta, illuminata dalla medesima luce entra madame Selma Monovski. Ha una lunga vestaglia blu, orlata di merletti e trine azzurre e il trucco pesante dà all'istante una percezione di volgarità a tutta la sua figura. Ha un passo lento e cadenzato e stringe fra le mani un bastone di legno con il manico di avorio intarsiato. Al suo cospetto l'ispettore si alza in piedi, ma la donna allunga il legno e gli indica di restare seduto. Il figlio claudicante è dietro di lei e la sorregge con discrezione. A Selma infastidisce questa abitudine di George, perché la rende ancora più vulnerabile, ma la forza che la gelida Russia, un tempo aveva temperato le sue ossa, ormai l'ha abbandonata. Selma e George, nell'immaginario sociale di Borgan, sono figure patetiche e compassate. Madre e figlio si accomodano sull'altro divano di fronte a lui.

"Dunque, mio caro amico, finalmente il generale Wolf si è ricordato della piccola Selma?" chiede la donna stringendo al petto le mani dell'ispettore. "Sono mesi che non si fa più vivo. Forse lo stesso Fhurer avrebbe bisogno di una mia ramanzina. Ha dimenticato i tempi in cui per ogni notizia, per ogni novità, per ogni avvenimento che accadeva a Montmarte, si ascoltava il parere di Selma. L'amica della Germania". Accenna a un lieve singhiozzo: "Ora tutti sanno tutto e, quindi, anche la piccola francese dai capelli color dell'oro passa in secondo piano. Non si dia pena, ho ancora le più belle donne di Parigi. George hai offerto un bicchiere di Cognac al nostro ospite?"

"Certo mamma, do immediatamente disposizioni a Clara" risponde George senza scomporsi dalla sua posizione.

"Signora sono qui per la morte della signora Clotilde e vorrei qualche chiarimento in merito. Da lei che la conosceva bene".

"Clotilde! Clotilde: questo nome non mi è nuovo. Dio! Come è morta? Povera ragazza. Credo che lavorasse per me. Pensa a una disgrazia o è stata assassinata? Visto che un generale come lei si è mobilitato per l'indagine?" chiede la Molowsky.

"No! Pare che si sia suicidata, anzi, sicuramente è così" risponde l'ispettore, cercando di capire se nelle parole di Selma ci sia qualche indizio che possa aiutarlo.

"George! Vedi come è breve la nostra vita? Una giovane donna muore, si suicida e nulla cambia. Tutto resta immobile e indifferente, come le mie ragazze che vanno via e vengono nella massima impassibilità. E io come posso aiutarla, Generale? Le ho già detto che non la conoscevo, non ha mai lavorato per me... Ne sono certa. Io conosco bene tutte le giovani donne che collaborano nella Residence Selma, s'immagini se me ne fossi dimenticata qualcuna?" dice Selma rivolgendosi ai due.

"A me serve qualche particolare che mi dia una ragione plausibile per decidere se Clotilde si sia suicidata o sia stata assassinata" pensa Borgan.

Purtroppo, di fronte a tale scempio della natura, l'ispettore si rende conto che è inutile e triste continuare quel colloquio. La donna che ha di fronte è fuori di sé e, certamente, non può aiutarlo nelle indagini, sempre che ci sia un'indagine da fare.

"Signora mi perdoni, ma devo lasciarla. Avrei voluto continuare questo colloquio con lei ma ben altri impegni mi attendono" dice Borgan.

"Va via così presto Generale? E il Cognac? Sono sicura che deve partire per la Russia. È un segreto di Stato e comprendo la discrezione" risponde la donna.

"Sì! Certo madame, mi attende la Russia e altro ancora e il Cognac lo beva alla mia salute" dice il poliziotto congedandosi dalla Molowsky.

"Va bene. Mio figlio George l'accompagnerà alla porta".

George si alza e indica l'uscita a Borgan che, rimettendosi il cappello, sul capo accenna a un lieve inchino.

I due si camminano nel corridoio quando il poliziotto chiede a George: "E lei, non ne sa nulla di questa morte?"

"Nulla ispettore. Nel palazzo siamo tutti molto riservati e ci incontriamo solo in occasione del pagamento delle fatture. Conoscevo a malapena Clotilde. Molto superficialmente. Una buona donna, anche se a volte ciarliera e impertinente. La notizia del suo suicidio mi ha un po' frastornato. Oggi incontri qualcuno, domani è sottoterra. L'ho vista appunto qualche giorno fa a casa di Baladieu. Stava come sempre, silenziosa e scontrosa, sedeva sul divano e non ha neanche risposto al mio saluto e anche questo è del tutto normale. Nel palazzo mi detestano" risponde George con una punta di rammarico.

"Perché la detestano?" gli chiede Borgan.

"Perché mi vedono solo in occasione del pagamento delle fatture ispettore. Se lei vivesse qui, sono certo che anche lei mi detesterebbe, ahah!" esclama George e sorride.

"Giusto. Anche io la detesterei" risponde il poliziotto.

"E, poi, nient'altro signor George?" chiede ancora Borgan.

"Nient'altro!" risponde George socchiudendo la porta.

Capitolo XV

"Perché un tavolo portavivande? Comprendo che ognuno di noi è legato a qualche cosa nella propria vita e capisco pure che possa trattarsi di un piccolo oggetto, di qualche suppellettile, di un documento privato, di una lettera d'amore che vorremmo portare via con noi. Qualcosa a cui è legata una circostanza speciale del nostro passaggio terreno. Una foto di famiglia, un abbraccio, una carezza, un simbolo che possa farci ricordare di essere stati vivi. Ma un tavolino portavivande è pazzesco, è assurdo, neanche Baladieu lo avrebbe fatto. Non mi riesco a raccapezzarci" pensa l'ispettore Borgan.

"Dunque, Baladieu è un uomo molto intelligente, ma ha il culto dell'imbecillità. Ama deridersi, ama farsi del male e ama andare a letto con donne di una certa età che poi lo ricompensano".

Sentenziava la mia povera madre: "A ognuno il suo". La Poltel è furba. Abbastanza astuta da uccidere qualcuno ma non credo che sia stata lei ad assassinare la vecchia. Brochard è un imbecille imbroglione e non riesce a camuffare minimamente la sua ottusità. Con quell'aria bonaria di stupidità permanente è capace di innervosirmi.

Selma è un rudere e credo non ricordi neanche il suo nome. Le ho chiesto se conosceva Clotilde e mi ha risposto di no. Poi mi ha parlato di lei e, infine, non ricordava chi fosse. Nooooo! Non è stata lei e neanche il figlio che nonostante la sua giovane età è già mummificato. Dunque chi è rimasto fuori del gioco? I Mansard, i Rocher, e Bovary.

I primi li escludo perché non sanno se fuori è giorno o notte. Vivono segregati con il loro dolore per la perdita della nipote. Me lo ha detto la Poltel e neanche li ho conosciuti. Comunque è brava gente e non c'è una sola ragione plausibile per desiderare la morte di Clotilde. Mancano dalla loro casa da più di due mesi. Sono entrambi a Reims a prendersi cura di una loro zia. Avrebbero dovuto assassinarla per corrispondenza. Bovary è un non vedente e anche il suo cane è cieco, avrebbe impiegato anni prima di trovare Clotilde e, poi, perché avrebbe dovuto assassinarla? Che cosa gli aveva fatto? Il figlio di Clotilde e la nuora sono due furbetti, bugiardi come gli altri che pur di liberarsi di quella povera donna l'hanno affidata a Baladieu per farla prostituire. Non si lascia una donna anziana nelle mani di uno schizofrenico ma non posso accusarli di niente. La superficialità non è ancora un reato. Ma, con la morte di Clotilde, non hanno nulla a che fare.

Devo convenire che, spesso, l'apparenza è la realtà coincidono. Questa è la sola anomalia di questo strano caso. Questi bugiardi dicono tutti la verità!

Non c'è stato alcun omicidio ma solo un triste suicidio come ce ne sono tanti a Parigi in agosto!"

Continua a pensare: "E come la metto con quel maledetto tavolino portavivande? È quell'oggetto che mi perseguita. Non riesco a collocare la sua presenza nel cortile. Ecco! Farò così". Prende una penna dalla tasca e si avvicina a un muretto che limita il marciapiede. Estrae dalla tasca interna del soprabito il suo verbale e inizia a sfogliarlo. Trova la pagina che gli interessa e tira su la penna dal taschino della giacca. "Cancellerò questo particolare trascurabile dal verbale" continua guardandosi intorno: "Nessuno se ne accorgerà, nessuno lo ha letto e, in fin dei conti, a nessuno interessa la morte di Clotilde. Tranne a me e, quindi, chiudo l'indagine".

L'ispettore Borgan conclude il compendio dei suoi pensieri e scrive: "Dopo aver effettuato scrupolose indagini sono arrivato alla

conclusione che, Clotilde Saren nel pieno di una crisi esistenziale si
è suicidata alle 11 del mattino, lanciandosi da un balcone al secondo
piano di 5 Rue Muller".

Firma
Isp. Christian Borgan

Finale della storia

Caro lettore questa è stata la conclusione a cui è giunto l'ispettore di polizia Christian Borgan nel suo rapporto dopo, a suo dire, aver svolto minuziose indagini.

Certo, potremmo dire che non è veritiera ma è meglio così. In fondo la verità, come dice Brochard, fa sempre male a chi la dice e a chi l'ascolta anche se, sul portone di 5 Rue Muller, è scritto: "La verità è l'essenza della vita".

In seguito, la signora Poltel, finirà col diventare l'amante del signor Brochard. Molte cose la legano all'uomo anche se ha scoperto che non è proprio quello che immaginava fosse prima del delitto. I signori Rocher rimangono ancora chiusi nella loro casa, immersi nei ricordi di Clotilde e nel dolore. Non riuscirebbero a vivere diversamente, mentre i Mansard si sono trasferiti a Reims per curare da vicino gli interessi di famiglia. Bovary è irrevocabilmente cieco come anche il suo cane e madame Molowsky è sempre la puttana del '43.

Baladieu è innocente, anche se schizofrenico.

Per non cedere al dubbio che l'autore abbia coperto un delitto, è necessario aggiungere che Clotilde non morì dopo aver ricevuto un'ombrellata sul capo dalla signora Poltel.

Fu colpita da un violento infarto un attimo prima che la ricevesse.

Questa è l'assoluta verità.

Spero!

Desidererei che, dopo questa narrazione, ogni volta che passerete a rue Muller, arrivati al numero 5, vi soffermiate a dare uno sguardo all'edificio.
Resta un bel palazzo liberty, abitato da gente più o meno normale.

Fine